書下ろし

花さがし

風烈廻り与力・青柳剣一郎㉗

小杉健治

祥伝社文庫

目次

根津権現
不忍池
湯島天神門前町
小料理屋『とよかわ』
湯島切通町
池之端仲町
下谷
妻恋町
菓子屋『清水屋』
神田佐久間町
酒問屋『三桝屋』
吾妻橋
亀戸天満宮
横川
御竹蔵
回向院
法恩寺橋
神田川
明神下
駿河台
昌平橋
筋違橋
八辻ヶ原
神田岩本町
柳森神社
柳原通り
横山町
両国橋
隅田川
新大橋
冬木町
絵草子屋『大津屋』
江戸城
南町奉行所
数寄屋橋御門
本町
八丁堀
霊岸島
永代橋
仙台堀
深川
富ヶ岡八幡宮

「花さがし」の舞台

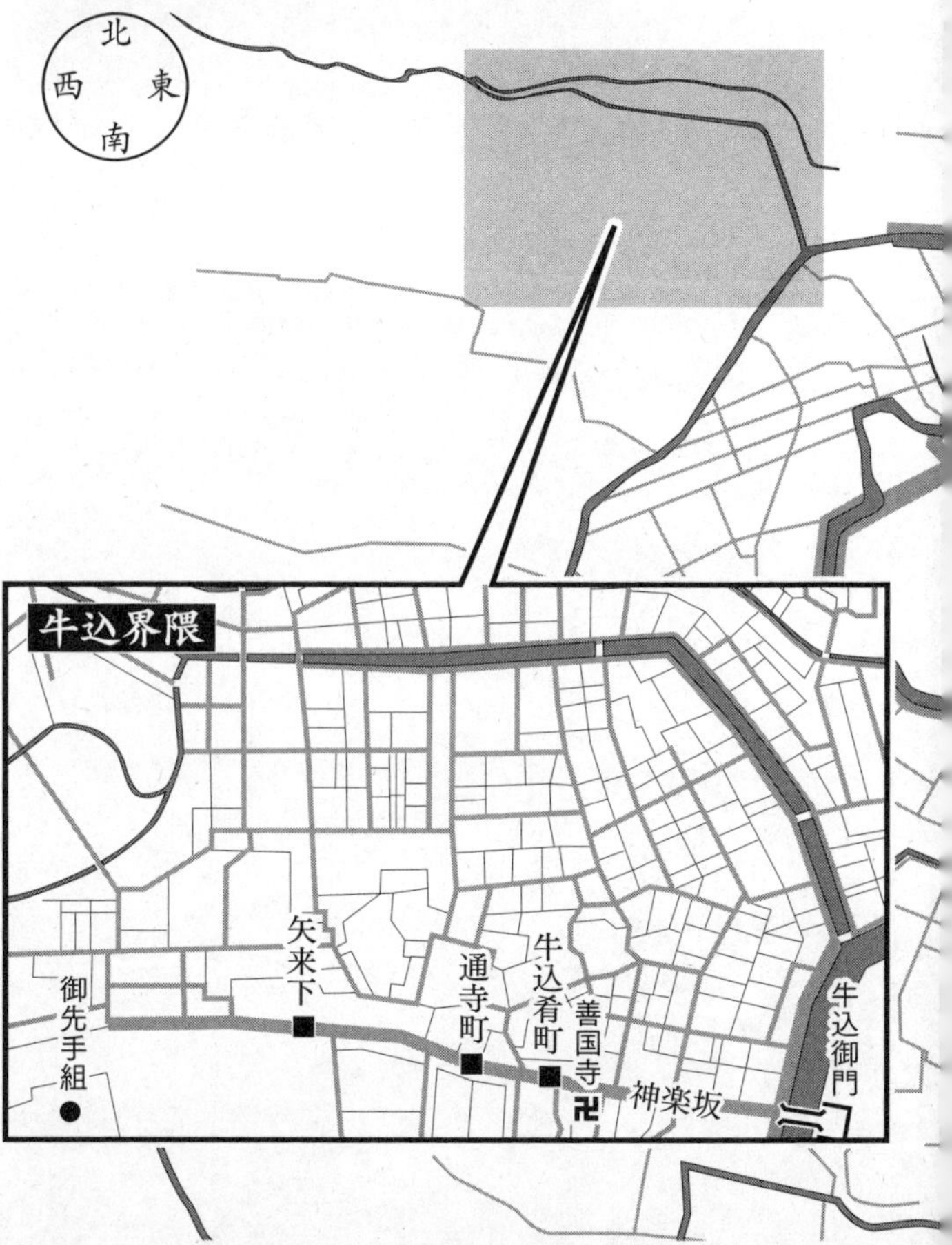

北
東
西
南
牛込界隈
矢来下
通寺町
牛込肴町
善国寺
神楽坂
牛込御門
御先手組

第一章　荷崩れ

一

風烈廻り与力の青柳剣一郎《あおやぎけんいちろう》の一行は湯島天神門前町《ゆしまてんじんもんまえまち》から妻恋坂《つまごいざか》に差しかかったところだった。

妻恋坂の途中にある稲荷社《いなりやしろ》の境内《けいだい》には藤《ふじ》棚がある。薄紫の花がちょうど見頃で、通りがかりの者がつい立ち止まって塀越しに藤を楽しんでいる。

その男はじっと藤を見つめていた。年の頃は三十前後、格子縞《こうしじま》の着物に博多《はかた》帯をしめて、少し暗い感じの男だった。

「きれいな色ですね」

大信田新吾《おおしだしんご》が感嘆《かんたん》して言う。

「御竹蔵《おたけぐら》や亀戸天満宮《かめいどてんまんぐう》の藤はこんなものではない」

そう言いながらも、礒島源太郎《いそじまげんたろう》も見とれている。

朝からずっと歩き通しだった疲れもいっぺんに吹き飛ぶようだと、剣一郎は思った。

女中に連れられて五、六歳の女の子が坂からおりて来て、やはり藤棚の前で立ち止まった。

「きれいね」

二十二、三歳と思える女中が女の子に声をかけた。

その声に格子縞の男はちらっと顔を向けた。剣一郎と目が合うと、軽く会釈《えしやく》をして、男はその場を離れ坂を下って行く。色の浅黒い、目付きも鋭《するど》い精悍《せいかん》な顔つきの男だった。

女中と女の子もその場を離れた。

「我らも行くとしよう」

剣一郎は声をかけた。

「はい。すっかり目の保養になりました」

坂を下りながら、新吾がうれしそうに言った。

「根津《ねづ》神社の躑躅《つつじ》もきれいだそうですね」

源太郎も明るい声で言う。

朝から風が強かったので、剣一郎は同心の源太郎と新吾と共に町廻りに出たのだ。

風烈廻りの見廻りは、失火や不穏《ふおん》な人間の動きを察知して付け火などを防ぐために行なわれるが、とくに風の烈《はげ》しい日は剣一郎もいっしょに見廻りに加わる。

だが、午《ひる》を過ぎてから風はだんだん弱まり、八つ（午後二時）を過ぎたいまはほとんど治まっていた。

だから、剣一郎たちも藤を堪能《たんのう》する気持ちの余裕が生まれていたのだ。

坂の下から大きな荷を積んだ大八車《だいはちぐるま》が上がって来る。前にふたり、うしろにふたり。四人がかりで荷車を引っ張っている。

荷は重そうだった。車力《しゃりき》が力んでいるのが見てとれた。

剣一郎たちの前を行く女中と女の子が大八車とすれ違った。

剣一郎たちの近くで大八車が止まった。梶棒《かじぼう》を握《にぎ》っていた男が懸命に引っ張り、うしろの男も顔を紅潮させて押すが大八車はびくともしない。車輪が穴にはまってしまったらしい。

「荷を積み過ぎではないのか」

剣一郎は顔をしかめ、供をしてきた中間《ちゅうげん》と小者に、

「手を貸してやれ」

と、命じた。

「はい」

中間が大八車に向かいかけたとき、大きな音がした。車輪の片方が外れ、荷台が傾《かたむ》いた。その拍子《ひょうし》に積荷を縛《しば》ってあった縄が切れた。

あっという悲鳴が上がった。逃げろ。誰かが叫《さけ》んだ。

荷台から滑《すべ》り落ちた菰《こも》で覆《おお》われた荷の樽《たる》が坂道を転がったのだ。

剣一郎は愕然《がくぜん》とした。坂の下をさっきの女中と女の子が歩いていた。ふたりは悲鳴に驚いて立ち止まって振り返った。

そこに大きな樽が音を立てて転がっていく。

剣一郎は焦《あせ》った。

「誰か、止めろ」

源太郎と新吾が叫びながら樽を追ったが、勢いを増して転がっていく樽に追いつくはずはない。

坂の途中を歩いていた男たちも自分の身を守るので精一杯だった。

まるで狙《ねら》いを定めたかのように、樽は立ちすくんでいる女中と女の子に向かって行った。女中の絶叫が轟《とどろ》いた。

奇跡はそのとき起きた。転がって来た樽が女中と女の子の手前で急に向きを変えた。そのまま樽は武家屋敷の塀にぶつかって止まった。樽は酒樽だったらしく、酒がこぼれ出ていた。

樽が向きを変えたのは奇跡ではなかった。その証拠に、男がひとり倒れている。

剣一郎は見ていた。樽がふたりを直撃する寸前に男が飛びこんで行ったのだ。樽は男にぶつかって方向を変えたのだ。

「医者だ。医者を呼べ」

通りがかりの者に、剣一郎は叫んだ。さらに、

「源太郎は車力を、新吾は子どものほうに」

と命じ、倒れている男に駆け寄った。

顔を近づける。息はある。外傷はなく、気を失っている。抱き起こし、活《かっ》を入れようとしたが、頭を強打した可能性がある。へたに動かさないほうがいいと判断し、医者を待つことにした。

女中が泣き喚《わめ》きながら女の子を抱きしめている。新吾が女中をなだめている。

明神下《みょうじんした》の竹内承安《たけうちじょうあん》という町医者が駆けつけた。

「頼む」

剣一郎は入れ代わるように男から離れた。

承安は入念に調べてから、

「青柳さま。頭を打っているようですので、今晩大事をとりませぬといけませぬ」

と言い、承安の診療所に運ぶことになった。

「承安、この者は危険を顧《かえり》みず、女の子を救ったのだ。必ず、助けてやってくれ」

剣一郎は頼んだ。

「かしこまりました。最善を尽《つ》くします」

近所の若者が戸板に男を乗せて承安の診療所まで運んだ。

知らせを聞きつけ、女の子の父親が駆けつけてきた。三十半《なか》ば過ぎの男だ。鼻梁《びりょう》が高く、引き締まった顔をしている。

「おいと。大事なかったか」

娘の無事な姿に安心したあと、女中から事情を聞き、父親は改めて剣一郎のそばにやって来た。

「私は妻恋町の菓子屋『清水屋《しみずや》』の主人伊兵衛《いへえ》です。娘は踊りの稽古《けいこ》に行くところでした」

「危《あや》ういところを助けに入った男のおかげだ。気を失い、いまは承安の診療所で治療をしている」

「どこのお方かわからないのでしょうか」

「なにしろ気を失っている。命に別状はないと思うが……」

剣一郎は暗い顔で言う。

「これから承安先生のところに行ってみます」

清水屋は心配そうに言う。

「うむ。私もあとから行く」

清水屋は先に承安のところに向かった。

ようやく、定町廻り同心の植村京之進《うえむらきようのしん》がやって来た。

「待っていた」

「青柳さま。事故が起きたそうでございますね」

急いでやって来たのであろう、息を弾《はず》ませて京之進がきいた。

「そうだ。積荷が落ちて坂道を転がり、『清水屋』の女中と子どもを直撃しそうになった。そこに飛びこんで助けた男がいま承安のところに運ばれた」

剣一郎は目撃したことをつぶさに話した。

「わかりました。では、私は車力のほうを当たり、どうして、荷が落ちたのか調べることにいたします」

「うむ。頼んだ。私は、清水屋と承安のところに向かう」

「はっ」

京之進は大八車のそばで車力たちに事情をきいている源太郎のところに近づいて行った。車力たちは青ざめた顔で呆然《ぼうぜん》としている。もし、死者が出たら車力は死罪、荷主も重い罪に問われるのだ。

京之進にあとを任せ、剣一郎は承安の診療所に向かった。

助けに入った男は、稲荷社の境内にある藤棚を眺《なが》めていた男だ。色の浅黒い精悍な顔つきの男だった。

明神下の真ん中辺りに、承安の診療所があった。土間には薬を待っている患者が数人おり、部屋には診療待ちのたくさんの患者がいた。

承安は男の治療に掛かりきりなのだ。そばに、清水屋が心配そうに座っている。

剣一郎が顔を出すと、男の脈を見ていた承安が、

「なかなか頑丈な体の持主でございます。激しい打撲《だぼく》の跡はありますが、大きな怪我《けが》はしていません」

「そうか。よかった」

剣一郎はほっとしてから、

「身元を示すものはあったか」

と、訊《たず》ねた。

「いいえ。煙草《たばこ》入れに巾着《きんちゃく》、それに手拭《てぬぐ》い。持ち物はそれだけで、名前はどこにも書いてありませんでした」

「では、回復するのを待つしかないな。回復するまで、どのくらいかかりそうだ？」

「明日には回復すると思います」

「この者が今夜帰らねば、身寄りの者はさぞかし心配するだろう」

剣一郎は思いやったがどうすることも出来なかった。

「承安先生、薬代はいくらかかっても構いません。どうぞ、このお方をよろしくお願いいたします」

清水屋が承安に頼み込んでいる。

「清水屋。女中も昂奮《こうふん》しているようだ。いたわってやれ」

主人の娘を大怪我させてしまったら、付添いの女中の責任も問われるところだ。それより、女中自身も自分を責《せ》めるようになるだろう。

「はい。畏《かしこ》まりました」

剣一郎はもう一度、妻恋坂に戻った。

京之進が大八車の脇で小柄な年配の男と話していた。

「青柳さま。この者が荷主の『三桝屋《みますや》』の主人勘四郎《かんしろう》です」

「このたびはとんだ間違いを引き起こしまして」

三桝屋は青ざめた顔で声を震わせた。

『三桝屋』は神田佐久間町《かんださくまちょう》にある酒問屋だ。湯島天神門前町にある料理屋に酒樽を運ぶところだったという。

「男の方のご容体はいかがでありましょうか」

京之進がきいた。

「今夜一晩様子を見なければわからぬようだが、命に別状はないようだ」

「さようでございますか」

さすがに三桝屋はほっとしたように言う。

「どうやら、積荷が多すぎたようです。荷車が坂道でその重さに耐《た》えきれずに車輪が外れ、荷崩れを起こしたと思われます」

京之進は説明した。

三桝屋は肩をすくめている。もし、たくさん積み込むことを強要していたら、三桝屋の罪は重くなる。

そこに新しい大八車がやって来て荷を積み替え、運んで行った。

「あとで、大番屋に来てもらう。よいな」

京之進が三桝屋に言う。

「畏まりました」

「おまえたちもいっしょだ」

京之進は車力たちにも告げた。

青ざめた顔の車力たちの中で、一段と動揺《どうよう》している男がいた。顔は半泣きのようだった。四角い顔のがっしりした体つきの男だ。二十五、六だろう。

その男が剣一郎にきいた。

「怪我をされたお方はどこのなんという名なのでしょうか。せめて、家族の方にお詫《わ》びに上がりたいと思います」

震えを帯びた声だ。

「まだ、身元はわからぬ。本人の意識が回復するのを待たねばならぬ。この近辺に用があって来たのか、たまたまここを通りかかっただけなのか……」

いずれにしても、すぐには男の身元がわかりそうにはない。野次馬の中からも、男を知っているという者は現れなかった。

男の帰りを待ちわびている者のことを考え、剣一郎は胸を痛めた。

その夜、八丁堀《はっちょうぼり》の屋敷に京之進がやって来た。

「湯島天神の参道にある土産物屋《みやげものや》の女房が、妻恋坂のほうに歩いて行く男を見ていました。湯島天神の周辺や妻恋坂近辺を聞込みしましたが、男を知っている者はひとりも見つかりませんでした」

「そうか。やはり、通りかかっただけか」

「そうかもしれません」

「身内は帰って来ない男をさぞかし心配していることだろう」

また、そのことを考え、剣一郎は胸が痛んだ。

「帰りに承安のところに寄って来ましたが、男の意識はまだ回復していませんでした。ただ、承安は脈も呼吸も安定しているのでだいじょうぶだろうと言っていました」

「うむ。ひと安心だ」

剣一郎は安堵《あんど》したが、すぐ表情を引き締め、

「しかし、最近は荷車や馬車などの事故が増えているようだ。ときたま、凄《すさ》まじい勢いで大八車を引いている車力も見受けられる。きょうの場合も荷を積み過ぎていた。もっと、安全管理を徹底させることが必要だな」

「はい。事故を起こせば重罪だとわかっていながら、無茶《むちゃ》をして荷を運んでいます。それだけ競争が激しいのでしょうが」

「だが、三桝屋と車力をどのように扱うか」

難しい問題だと、剣一郎は思った。

世間に警告を与える意味では厳しい措置《そち》が必要だろうが、三桝屋や車力たちのこれからのことを考えるとそこまでしていいものか。

「うむ。それにしても、あの男がいなかったら、おいとという娘は命を落とすところだった。あの勇気は称賛に値《あたい》する」

「まことに」

「奉行所としても、あの者に褒美《ほうび》を与え、感謝の意を伝えねばならぬ。明日、宇野《うの》さまに進言してみるつもりだ」

「それはよいことで」

京之進が引き上げたあと、伜《せがれ》の剣之助《けんのすけ》がやって来た。一人前の男に成長した剣之助はいまは吟味与力の見習いとして毎日のように詮議《せんぎ》の場に立ち会っている。

「事故のこと、聞きました」

向かいに座ってから、剣之助が切り出した。

「最近、吟味方の詮議でも、大八車のひき逃げや馬車の事故が多うございます。車力が一番重い罪を受けますが、荷主にも問題があるように思います」

「そうかもしれぬ」

「なにしろ、早くたくさんの荷を運ばせようとしています」

「確かに、町廻りをしていても、狭《せま》い道を勢いよく走って来る大八車を見かける」

「はい。中には、どけどけと通行人に怒鳴《どな》りながら引っ張っている者もおります。事故を起こした車力にきくと、みな一様に決められた刻限までに届けないと手当が減らされると申します」

剣之助は膝《ひざ》を進めた。

「荷主にもっと厳しい罰を加えるべきではないでしょうか。悪質な荷主は車力と同じ罪にすべきではありませぬか」

「それで、事故は減るだろうか」

剣一郎は疑問を呈《てい》した。

「なぜ、荷主は運搬を急がせるのか。買い手の小売りの商家が急《せ》かしていることはないのか。買い手は客の求めに応じて急かしている。今は初鰹《はつがつお》の季節。魚は新鮮なうちに食したい。たとえば、ある料理屋では客に新鮮な魚を出したいからと早く持ってこいとせき立てる。新鮮な魚を求めているのは客だ」

「客が急かしているのも事実でしょうが、やはり荷主の自覚の問題かと思いますが」

「極論かもしれないが、世の中全般の風潮がすべてを急がせているのではないか。その風潮を変えない限り、いくら罰則を厳しくしても無茶な運搬は減らないような気がする」

「それは逆ではありませぬか。荷主が無理をするから……」

「いや、すべてそうだと言っているわけではない。だが、罰則を重くするだけで、違法な運搬がなくなるわけではないということだ。罰則を重くするのもいいだろう。悪質な事故には重い罪もいいが……」

車力の顔を思い浮かべた。ひとりの車力は青ざめた顔で、体が小刻みに震えていた。引き起こした事態の重大さに衝撃を受けていた。あの車力たちにも養うべき家族がいるのかもしれない。

「やはり事故を起こす前の対処をすべきだ。積荷の制限や速度の出しすぎなどの取締りを強化すべきかもしれぬ。特に速度の出しすぎなどを取締る掛かりを作るのも手だが、それには人手がいる」

奉行所の定員は決まっており、新たに外部からひとを入れることは出来ない。町の人間を活用するしかないが、町の人間とてそこまで余裕があるか……。

「難しい問題だ」

剣一郎は溜《た》め息をつくしかなかった。

二

翌日、出仕した剣一郎は年番方与力の宇野清左衛門《せいざえもん》に会った。清左衛門は与力の最古参であり、奉行所の実力者である。たとえお奉行とはいえ、この清左衛門なしには奉行職を進めていくことは出来ない。

「青柳どの。何かな」

「お聞き及びかと存じますが、きのう妻恋坂で起きた大八車の荷崩れ事故」

「うむ。聞いた」

ふつう与力は朝四つ（午前十時）の出仕だが、清左衛門は同心たちと同じように朝五つ（午前八時）に出仕し、諸々の報告を聞いている。

「まだ身元がわかりませんが、子どもを助けた男の勇気には心を打たれました。奉行所として、その者の勇敢《ゆうかん》な行動に対してぜひ謝意を示してはいかがかと」

「もちろんだ。さっそく長谷川《はせがわ》どのに計《はか》らおう」

内与力の長谷川四郎兵衛《しろべえ》のことである。もともと奉行所の与力でなく、お奉行が着任と同時に連れて来た自分の家臣である。

「よろしくお願いいたします。それから、昨今、このような事故が多発しており、抜本的な対策を講じる必要があるかと存じます」

「うむ。確かに多い。これを機に、真剣に考えてみよう」

「はっ」

「男の容体はどうだ？」

「きょうにも意識を取り戻すだろうということでした。これから、承安のところに行ってみます」

剣一郎はそう言い、清左衛門の前から下がった。

剣一郎は明神下の竹内承安の診療所にやって来た。

相変わらず、薬待ちの者や治療待ちの患者でごった返していた。

剣一郎が顔を出すと、承安がすぐに飛んで来た。

「青柳さま。意識を取り戻しました」

「そうか。よかった。会えるか」

「はい。どうぞ」

承安は助手に奥の部屋に案内させた。

男はまだ横になっていた。だが、目は開けている。

「もし、お奉行所の青柳さまがお見えになりましたよ」

助手が顔を覗《のぞ》き込んで言った。

男は顔をこっちに向け、それから起き上がった。だが、半身を起こしたあと、頭を抱えた。

「まだ、痛むか」

「いえ、今は急に起き上がったためです」

男は低い声で言った。

「無理しないでいい」

「だいじょうぶです」

男は答えてから、

「いったい、私はどうしてここに？」

と、不思議そうな顔できいた。

まだ、衝撃が残っていて、すぐには思いだせないのかもしれない。

「きのうの午後、そなたは妻恋坂で大八車から転がり落ちた樽から、女の子を助けた」

「女の子を。私が助けたと言うんですかえ」

「そうだ」

「私が……」

男は怪訝《けげん》そうな顔をした。

藤棚の前で見かけたときと顔の印象が違う。そのわけはすぐわかった。目付きだ。鋭い目付きの印象があったが、目の前にいる男は穏やかな目付きなのだ。

「そうか。衝撃を受けたときの記憶は蘇《よみがえ》っていないのだな」

「…………」

「そなたの勇気に、私も敬意を表したい。ところで、そなたの名は？」

「名前ですか。名は……」

男は顔を歪《ゆが》めて頭に手をやった。

「痛むのか。横になっていろ」

「いえ、だいじょうぶです。ただ……」

「ただ、どうした？」

「名前が思いだせません」

「なに？」

剣一郎は助手の顔を見た。

「まだ、完全には回復していません。もう少し、休んでいたほうがいいかもしれません」

助手は答えた。

「まだ、一日しか経っていないのだからな。また、明日出直す。ゆっくり、休むのだ」

「はい」

男は横になった。

剣一郎は部屋を出た。

承安に挨拶《あいさつ》をして、剣一郎は診療所を出た。

承安の診療所を出てから、剣一郎は妻恋坂に向かった。男の容体で気になることがあった。坂を上り、稲荷社までやって来た。

藤棚の前で立ちどまっていく通行人が多い。剣一郎もきのうと同じ場所に立ち、きのうのことを思いだしながら藤棚に目をやった。

男が去ろうとしたとき、振り向いた男と目があった。目付きの鋭い、精悍な顔つきだと思ったのだ。さらに思いだしてみる。男は軽く会釈をした。こっちが八丁堀与力だと気づいて会釈をしたという感じではなかった。自然に出た会釈だ。あえていえば、与力などに対しても身分でへりくだらぬ強靱《きょうじん》な何かを秘めていたというべきか。いま振り返れば、そんな印象を持った。ひと言でいえば、強い男だ。だから、とっさに危険をも顧みず、転がって来る樽の前に飛び出したのだ。

しかし、承安の診療所で男の顔を見て違和感を覚えた。まず、眼光の鋭さがない。穏やかな顔だちになっている。

男から強さのようなものが消え、別人のように思えた。体が完全に回復すれば、顔つきも元に戻るのだろうか。

剣一郎が男の容体で気になったのは、自分の名前を思いだせなかったことだ。事故から時間が経っていないからかと思ったが、ほんとうにそれだけだろうか。

まさか、このまま自分のことを思いだせないということにならないか。その不安が押し寄せて来た。

頭を強打しただけに気になる。取り越し苦労ならいいが……。

妻恋坂から佐久間町の大番屋に行った。

戸を開けると、大八車の積荷の事故の関係者に京之進が事情をきいているところだった。京之進が顔を向けた。

剣一郎は、そのまま続けるように目顔《めがお》でいう。

京之進は会釈をし、土間に座っている酒問屋『三桝屋』の主人勘四郎に顔を戻した。

「もう一度きくが、いつもあれほど樽を積んではいないと言うのだな」

「はい。決して。あの日は湯島天神前にある料理屋に酒を届けることになっていましたが、たまたまある料理屋で大きな酒宴があるので酒樽をひとつ余分に欲しいとの注文がありまして……」

「一度に運ぶように指示したのだな」

「はい。二度往復するのも無駄だと思いまして」

「その指示に対して、おまえたちは黙って従ったのか」

京之進は四人の車力にきいた。

「はい。出来ないと言えば、次からは別の人間に替えられてしまいますから」

車力のひとりが畏まって答えた。事故のあと、呆然としていた四角い顔のがっしりした体つきの男だ。

「つまり、逆らえないということか」

「へえ」

「いえ、そうではありませぬ。荷が積めると言うので、安心して任せたのです。そうではないか」

三桝屋は車力を睨《にら》み付けた。

「いえ、そうじゃありません」

四角い顔の男が反論するのを、

「旦那《だんな》の仰《おっしゃ》る通りでした。あっしらは力を見せつけたくて、運べるって言いました」

梶棒を引っ張っていた男だ。

「そんな」

四角い顔の男が絶句した。

逆らえば車力の仕事を取り上げられる。そう思っての発言だろうか。

その後、いくつかのやりとりがあって、事情聴取が終わった。

「よいか。幸いなことに、医者に運ばれた男も回復してきている。だが、一歩間違えれば、そなたたちは重く罰せられたところだ。そのことを十分に考えよ」

京之進は諭《さと》してから、

「よし。これまでだ」

と、引き上げていいと告げた。

おもむろに、三桝屋は立ち上がった。

剣一郎にも一礼をして大番屋をさっさと出て行った。三桝屋に従うように、車力も出て行った。

最後に出ようとした四角い顔の男が戸口で振り返った。

まだ何か言い足りないことがあったのか。すると、男は剣一郎の前にやって来た。

不安そうな表情で、口を開いた。

「あのひとはほんとうに大丈夫なんでしょうか。まだ、承安先生のところにいるようですが」

「頭を打ったせいで、事故のことをまったく覚えていない。だが、だんだん回復に向かうだろう」

剣一郎は自分自身に言い聞かせるように言った。

「まだ、会うことは出来ませんか」

男はきいた。

「あと二、三日してからのほうがいいかもしれぬな」

「そうですか」

「そなたの名は？」

「はい。源吉《げんきち》っていいます」

剣一郎はきいた。

「大八車を後ろから押していたようだな」

「はい。あっしが押している側の車輪が外れました。あんとき……」

源吉は言いさした。

「あのとき、どうした？」

「あっしは……。崩れた樽があっしのほうに向かって来たんです。あんとき、あっしが体を張って樽を受けとめていれば樽が転がっていくことはなかったんです。それをあっしはとっさに逃げてしまった」

源吉は声を詰まらせた。

そのことで責任を感じているのだ。

「いや。樽を受けとめ切れなかったはず」

剣一郎はなぐさめるように言う。

「でも、転がる方向が変わっていたかもしれません」

「あの坂には他にも通行人がいた。そっちに向かったかもしれない。それに、とっさに自分の身を守ろうとするのは当然のことだ。そのことは気にするな。ただ、なぜ、車輪が外れたのか。なぜ、あれほど荷物を積んだのか、そのことを反省すべきだ」

「はい」

源吉は素直に引き上げて行った。

「やはり、車力のほうは弱い立場のようだな。仕事がなくなるかもしれぬからな」

剣一郎は京之進に向かって言った。

「はい。荷主のほうははっきりと荷を積めとは言わないのです。そこは巧妙です」

「しかし、事故を起こせば荷主も罪を問われる。そのことを知っていても、荷を一度にたくさん、しかも早く運ばせようとするのか」

「はい。まず儲《もう》け。それが商人たちには第一のようでして」

「そうか。困ったものだ。それより、行方《ゆくえ》不明の探索願いはまだ出ていないのか」

「ええ。ありません」

「独《ひと》り者かもしれぬが、周囲の人間は心配していないのか」

「二、三日、いなくなっても不思議《ふしぎ》に思われない暮らしをしている男ではありませぬか」

「そうかもしれぬ」

そんな好き勝手な生き方をしているようには思えないが、いまだに誰も何も言って来ないのは事実だ。やはり、姿を見なくともなんとも思われない人間なのかもしれない。届け出があるにしても、数日先かもしれない。

「しかし、男が意識を取り戻せばはっきりいたします」

京之進は気楽に考えた。

「そうだとよいのだが」

「と、仰いますと？」

「じつは、ここに来る前に承安のところに寄って来た。男の意識は回復した」

「そうですか。それはよかった」

「だが、事故のことだけではなく、自分の名前も思いだせないのだ」

「自分の名前も？」

京之進が不思議そうにきいた。

「まだ、気がついたばかりで混乱しているからかもしれない。だが、ちょっと、心配なのだ」

「まさか、このまま自分の名前を思いだせないということですか」

「うむ。そのようなことはないと思うが……」

思い過ごしであって欲しいと、剣一郎は思いながら、

「ともかく、行方不明者の届け出に十分に注意をしてもらいたい」

「はっ」

剣一郎は大番屋を出た。

ふと見上げると、西の空から黒い雲が張り出していた。不安を感じさせるように辺《あた》りは薄暗くなっていた。

三

翌朝。剣一郎が奉行所に出仕すると、見習いの者がやって来て、宇野さまがお呼びですと言った。

「ごくろう」

すぐに年番方与力の部屋に向かった。

「青柳どの。待っていた。長谷川どのが呼んでいる」

「はっ」

清左衛門はあわただしく立ち上がった。四郎兵衛がよほど急いているのだろう。

ふたりで内与力の部屋に出向いた。

隣の小部屋に通されると、すぐに長谷川四郎兵衛が駆け込むようにやって来た。ふたりの前に座っても落ち着かぬ様子だった。

内与力の四郎兵衛は年番方与力の清左衛門とお奉行の橋渡し的な存在でもある。

四郎兵衛はお奉行の威光《いこう》を笠《かさ》に着て、ことに剣一郎に対しては敵対心を抱いているが、今はそんな素振《そぶ》りを見せない。その余裕がないのかもしれない。

「長谷川どの。火急の用件とはなんでござるか」

清左衛門がきいた。

「されば」

四郎兵衛はふたりの顔を交互に見て、

「昨夜、お奉行はご老中の屋敷に呼ばれた」

「ご老中の？」

清左衛門が緊張した声を出した。

「若年寄も同席していた」

「なんと」

清左衛門は腰を浮かしかけた。よほどの異変を察したのだろう。剣一郎も、何か容易ならざる事態が起こったと思った。

「何かあったのでござるな」

「うむ」

四郎兵衛は深呼吸をしてから口を開いた。

「一昨日《おととい》の夜、麻布《あざぶ》にある鉄砲方同心の役宅に覆面をした賊《ぞく》が三人押し込んだのだ」

「鉄砲方同心？」

「同心が殺され、鉄砲三丁と弾薬が盗まれたという」

「それは由々《ゆゆ》しきこと」

清左衛門が緊張した声を出した。

鉄砲方は、銃砲術を教授し、幕府が所有する銃砲の保存・修理などを行なう頭である。鉄砲方の支配下に、鉄砲方与力、鉄砲方同心、鉄砲方磨同心がいる。

「いま、火盗改めが探索しているが、食いっぱぐれ浪人が徒党を組み、鉄砲方同心の役宅を襲ったのであろうと、火盗改めは見ている。だが、問題は鉄砲三丁と弾薬が盗まれたということだ」

「押し入った者たちは、その鉄砲を使って何かをしようとしている。その恐れがあるというわけか」

清左衛門は唸《うな》った。

「そうだ。不平不満を抱《かか》えた浪人どもの仕業《しわざ》だとしたら、狙いは政《まつりごと》の中枢《ちゅうすう》。幕閣《ばっかく》に連なる者の暗殺を企《たくら》んでいる可能性もあるというのが火盗改めの考えだ」

四郎兵衛は深刻な顔で言う。

「最近、幕閣のほうで何か大きな決め事がありましたか。浪人たちに不利になる規則が出来ましたか」

剣一郎は口をはさんだ。

「いや。そういう話は聞いていない」

四郎兵衛は首を横に振った。

「では、必ずしも、幕閣に連なる者だとは限らんな。たとえば、旧主の大名、あるいは大身の旗本」

清左衛門は顔をしかめて言う。

「そうだ。いずれにしろ、容易に近づけぬ存在の相手に違いない。ふつうの相手であれば、屋敷に押し込めばいいのだからな」

四郎兵衛が応じた。

「これだけでは狙いはわかりません。でも、どうして、火盗改めは暗殺が目的だと考えたのでしょうか」

剣一郎は疑問を口にした。

「盗まれたのが鉄砲だからだ。わざわざ、鉄砲を盗むのは、それが目的としか考えられぬではないか」

四郎兵衛がいらだったように言う。

「そのこと以外に、火盗改めから上がった報告は？」

「火盗改めはもっと他に何かを摑《つか》んでいるのではありませぬか」

「ない。それだけだ」

剣一郎は疑問を呈した。

「なぜ、火盗改めが隠すのだ？」

「自分たちだけで探索するためかもしれません」

「うむ。だが、そんなことはどうでもよい。ご老中はこの件は公表してはならぬという。世間をいたずらに騒がせるなということだ。奉行所も秘《ひそ》かに調べるようにとの命令だ」

もし、盗まれた鉄砲で、幕閣の誰かが殺されたら、鉄砲方同心の上役である鉄砲方与力、さらには頭である鉄砲方の旗本、ひいては若年寄の責任問題にも発展しかねない。そのことを慮《おもんぱか》ってのことかもしれない。

「我ら奉行所も調べろとのことですが、火盗改めは奉行所の介入を喜ばぬと思います」

剣一郎は不安を口にした。まず、麻布の鉄砲方同心の役宅を調べることも出来ないだろう。

「奉行所が出来るのは無頼《ぶらい》の浪人の取り調べだ」

四郎兵衛が口許《くちもと》を歪めた。

「ちなみに、我らは鉄砲方同心の役宅に調べに行けるのでしょうか」

「無理だ。火盗改めが許すまい。じつは、鉄砲方同心の名前も知らされていないのだ」

「やはり、そうですか」

さっきから、鉄砲方同心の名前が出なかった。四郎兵衛も知らないのだ。詳しいことは、火盗改めに聞くしかない、と剣一郎は思った。

「じつは気になることがある」

四郎兵衛が憂鬱《ゆううつ》そうな顔をした。

「なんでござるか」

清左衛門がつられたように身を乗り出した。

「考え過ぎかもしれぬが、暗殺の対象がお奉行ではないかと」

「お奉行？」

「つまり、賊の目的が世の中を混乱させることだとしたら、南北のいずれかのお奉行を狙ったほうが効果がある」

「それは何か根拠があってのことでしょうか」

剣一郎は確かめた。

「いや。根拠があってのことではない。ただ、わしが気になっただけだ」

「お奉行の意見は？」

「特には……。いずれにしろ警戒するに越したことはない。そこで、お奉行の登城下城には警護をつけたい」

なるほどと思った。さんざん、大仰に深刻ぶってみせていたが、四郎兵衛はお奉行の身を案じているだけのようだ。極端な話、幕閣の誰かが殺されようが四郎兵衛には痛くも痒《かゆ》くもない。

四郎兵衛はお奉行の家来なのだ。お奉行が職を解かれたら、四郎兵衛も内与力ではなくなる。大事なのはお奉行なのだ。

「明日からの警護の手配を頼みましたぞ」

そう言い、四郎兵衛は立ち上がった。

剣一郎は低頭して見送った。

「してやられたようだ。結局、あの御仁《ごじん》はお奉行の身のことだけだ」

清左衛門も四郎兵衛の腹の内に気づいて顔をしかめた。

「しかし、いずれにしろ、誰かの暗殺目的と考えるべきであろう」

「このままではどう探索してよいかわかりませぬ。まず、火盗改めの与力に会って詳しいことを聞く必要があります」

「うむ。青柳どの。頼んだ」

「はっ」

「わしのほうから三廻りと下馬廻りに注意を呼びかけておく」

三廻りは定町廻り、臨時廻り、隠密《おんみつ》廻りの同心であり、下馬廻りはお城の御成《おなり》下馬道で諸大名の供廻り同士がいざこざを起こしたときの取締りをする同心である。大名を狙う場合に備えさせるのだ。

ともかく鉄砲方同心の役宅で何が起こったのか知ることが先決だ。剣一郎の脳裏に本役の火盗改め与力の山脇竜太郎《やまわきりゅうたろう》の顔が浮かんでいた。

翌日の早朝、剣一郎は深編笠《ふかあみがさ》をかぶり、浪人姿で柳原《やなぎわら》の土手にある柳森《やなぎもり》神社の境内にいた。

まだ、相手の姿はなかった。剣一郎は青々とした柳の脇で、火盗改め与力の山脇竜太郎を待った。

山脇がここを指定したのは人目を避《さ》けたかったからのようだ。

四半刻（三十分）後、竜太郎がやって来た。

「遅くなった」

「なんの。私のほうからお呼び出てしたのです」

「私が青柳どのに会ったことは内密に願いたい。青柳どのには借りがあり、断りきれなかったのでな」

竜太郎は軽く笑ったが、その表情には苦いものが含まれているようだった。昨夜、竜太郎の屋敷に使いを出した。すると、竜太郎はすぐにここを指定した。

「わかっています。さっそくですが、鉄砲方同心が殺された件で、まず、殺された同心の名前を教えていただけませぬか」

「うむ」

竜太郎は渋《しぶ》い顔をした。

「なぜ、隠すのですか」

「それは……。この事件は我が火盗改めが探索するのであるから、奉行所には知らせなくてもいいと考えたからだ」

竜太郎は苦しそうに言う。

「では、教えても構わないわけですね」

「やはり、知らせまいとしているのではありませんか。それなら、こちらで調べますが」

「いや……」

「なぜ、口止めを？」

「口止めされてるのだ」

「それは、奉行所にいろいろ探られたくないからだ」

どうも説得力に欠ける。何か他に隠していることがあるようだ。

「わかりました。鉄砲方の同心で亡くなった者を調べて……」

「殺されたのは糸川松十郎《いとかわまつじゅうろう》だ。鉄砲の修繕《しゅうぜん》を担《にな》っていた。三日前の夜、いきなり黒覆面《ふくめん》の侍が三人、屋敷に乱入し、修繕のために置いてあった鉄砲を三丁、それに弾薬を盗んで行ったのだ」

やっと、竜太郎は正直に話した。

「殺されたのは糸川松十郎どのだけですね」

剣一郎は確かめる。

「そうだ。妻女や下男の証言で、賊が黒覆面の侍三人だとわかった」

「それにしても大胆な犯行です。役宅に押し込むとは」

剣一郎はそこに賊の正体を解く鍵《かぎ》があるような気がしている。

「不平分子だとしたら何をしでかすかわからぬ」

竜太郎は難しい顔をした。

「しかし、わかりません」

剣一郎は疑問を口にした。

「何がだ？」

「なぜ、賊は鉄砲方同心の屋敷を襲ったのか。鉄砲を手に入れる方法は他にもあったのではないですか。たとえば、猟師です」

「いや、鉄砲方同心のほうが手っとり早い。それに、一度に複数手に入れることが出来る」

「…………」

剣一郎は何か引っかかるが、何もわからない。

「妻女は賊を見ているのですね」

「覆面の賊だ」

「賊が侵入したときのことを妻女はどう話しているのですか」

剣一郎は迫《せま》るようにきく。

「賊は最初、妻女に剣を突き付け、糸川松十郎にこう言ったそうだ。奸物《かんぶつ》を成敗するために鉄砲を頂戴《ちょうだい》すると」

「奸物？」

「誰を指しているのかわからん。わかっているのはそれだけだ」

「山脇どのの調べで何かわかったことは？」

「いや、なにもない」

竜太郎は顔を背《そむ》けた。何かを隠しているようにも思えた。

「賊の手掛かりもないのですか」

「ない」

「誰を狙っているのか、それも？」

「わからない」

やはり、竜太郎の目が泳いだ。

「山脇どの。何か隠していることがあるのではありませんか」

「いや、そんなことはない」

「ほんとうでございましょうか。狙いは幕閣に連なる者かもしれないと若年寄どのに進言されたそうですね。どうして、狙いが幕閣だと考えたのでしょうか」

「それは……」

竜太郎は顔をしかめ、

「幕閣だとは言っていない。ただ、不平分子の浪人が何か企むとすれば政に関わることとお話ししたそうだ。若年寄どのはそれを幕閣の人間が狙われていると解釈したのではないか」

何か苦しい言い訳のように思えた。

「山脇どの。どうか、本心を」

「本心も何も……」

「ほんとうは、妻女どのからもっと何かを聞いているのではありませんか。そのことを我らに知られたくなかった。だから、殺された同心の名前を隠した」

「ばかな」

「しかし、わからないのです。何を隠す必要があるのか。すでに火盗改めが調べている事件、それも武家屋敷で起きた事件に我らが首を突っ込むはずもありません。となると、我らが、乗り出すことを恐れてというわけではない」

「…………」

「妻女が賊から何かを聞いた。そのことが、火盗改めにとって非常に重要なことだった。だから、妻女に奉行所の人間を接触させないように……」

「青柳どの」

呼びかけてから、竜太郎は溜《た》め息をついた。

「私から聞いたとは決して他言してくれるな」

「わかりました」

「賊の狙いは横瀬藤之進《よこせふじのしん》どのかもしれぬ」

竜太郎は妙な名前を出した。

「横瀬さま？　どういうことでござるか。どうして、横瀬さまが狙われていると？」

横瀬藤之進は御先手《おさきて》組である。

御先手組は若年寄の支配で、御先手弓頭と御先手鉄砲頭とに分かれている。戦時のときには先備えとなるが、平時は閑職である。そこで、この御先手組頭が火付盗賊改め方を割り当てられており、いまの火盗改めは、竜太郎の上役にあたる御先手組の組頭が務めている。

「どうして横瀬さまだと思うのですか」

剣一郎はもう一度きいた。

「殺された同心の妻女が、賊の口から、これがあれば火盗改めに神楽坂《かぐらざか》での恨《うら》みを晴らせると言うのを聞いていた」

「火盗改めに神楽坂での恨み？」

「そうだ。調べてみると、三ヵ月前に神楽坂で、浪人が武士に斬られていた。おそらく、賊の言う恨みとはこの件に違いない。その当時、横瀬どのが当分加役の火盗改めになっていた。おそらく、配下の同心が聞込みか何かで浪人に接触した。そのとき、何かいざこざがあったのではないか。殺された浪人の仲間がこのことを恨んでのことではないかと思ったのだ」

「しかし、浪人の仲間はどうして斬った侍が横瀬さまの配下だとわかったのでしょう」

「後日、浪人の仲間が偶然にその侍と出会い、あとをつけて素性を確かめたのかもしれない」

「仮に、そうだとしても、斬ったのは同心であり、横瀬どのではない。筋違いではないですか」

「いや。こういうことだって考えられる。斬った侍を出せと、浪人の仲間が横瀬どのの屋敷に談判しに行った。だが、まったくとりあってもらえない。そのことから、恨みは横瀬どのに向いた」

「………」

「だが、横瀬どのは剣の達人だ。正攻法では勝てない。そこで、鉄砲に目をつけた。鉄砲さえあれば、横瀬どのを倒せると思ったのだ」

横瀬藤之進は新陰流《しんかげ》の真下治五郎《ましたじごろう》道場で剣一郎と同門だった。藤之進のほうがひとつ歳上だが、当時は真下道場の竜虎《りゅうこ》といわれた。

藤之進は一千石の旗本の跡継ぎ、剣一郎は二百石の八丁堀与力。横瀬家と青柳家では格式が違い、それ以上に八丁堀与力は罪人を扱うので卑《いや》しめて見られている。そのせいか、藤之進は剣一郎に激しい対抗心を燃やしていた。その後、しばらくして藤之進は道場を辞めていった。

それから顔を合わせることはなかったが、去年、ある凶悪事件が起きたことをきっかけに再会した。横瀬藤之進が当分加役の第二の火盗改めに就任したのだ。

火盗改めは本来、本役もしくは加役と呼ばれる一組だけだが、犯罪が多発し、一組だけでは手に余れば、当分加役と呼ばれる第二の火盗改めを設けることがあった。

この横瀬藤之進の台頭により、本役火盗改め配下の与力、竜太郎は危機感を持った。だが、横瀬藤之進は先月をもって退任し、現在火盗改めはもとの一組だけに戻っている。

竜太郎は以前は剣一郎に対して張り合う気持ちを持っていたが、第二の火盗改め誕生のころから剣一郎にすり寄るようになってきた。

「その神楽坂の件は真実なのですか」

剣一郎は確かめた。

「間違いない。三ヵ月前のことだ。毘沙門天《びしゃもんてん》の近くにある下駄《げた》屋の主人が見ていた」

「しかし」

剣一郎は小首を傾《かし》げた。

「浪人たちがそこまでの復讐《ふくしゅう》心を持つでしょうか」

「もちろん、今話したのはこっちの憶測に過ぎない。もしかしたら、別の人間が狙いかもしれない」

「しかし、だったらその浪人の仲間を当たればいいではないですか」

「わからないのだ」

「わからない？」

「殺された浪人に仲間がいたかどうかわからない」

「それで、どうして今回の事件が仲間の仕業だと思うのですか」

「それは賊が神楽坂の恨みと言ったからだ」

腑《ふ》に落ちないながら、剣一郎はきいた。

「このことは横瀬さまに伝えてあるのですか」

「いや。ほんとうかどうかわからない。へたに伝えても……」

もっともらしく聞こえるが、もし、賊の狙いが横瀬藤之進なら竜太郎にとっては好都合かもしれない。

「なるほど。あなた方が隠していたのはこのことですね」

「なんのことだ？」

竜太郎が微《かす》かに狼狽《ろうばい》した。

「あなた方は、賊が横瀬さまを討《う》ってくれることを期待しているのではありませんか」

「ばかな。何を言うか」

横瀬藤之進は当分加役から本役を目指しているのだ。つまり、第一の火盗改めに躍《おど》り出たいという野心を持っている。竜太郎はそのことを恐れている。

つまり、横瀬藤之進は竜太郎にとっては邪魔で鬱陶《うっとう》しい存在でしかない。

「山脇さまは、賊の狙いが横瀬さまだと信じているのではありませんか」

「そんなことはない」

「しかし、賊が横瀬さまを狙う可能性があるのなら、そのことを横瀬さまに伝えるべきではないのですか」

「はっきりとそうだといえるのなら伝えるが、そうではないのだ」

「しかし、火盗改めに神楽坂での恨みを晴らせると、賊が言っていたのは間違いないことでは？」

「そうだ。それは間違いない。妻女ははっきりそう言った」

「横瀬さまにこの事実を伝えておくべきだと思いますが」

剣一郎は諭すように言った。

「いや。それは困る。我らの立場がある。ここまで話したことがわかったら、おかしらから叱責《しっせき》され、私の立場もなくなってしまう」

竜太郎は懸命に言う。

「でも、山脇さまは話してくれました。ほんとうは、横瀬さまに黙っていることを潔《いさぎよ》しとしないと思っていたのではありませんか」

「いや、それは……」

本役の火盗改めの座を狙っている横瀬藤之進に不快な思いを抱いているとしても、暗殺の企みの事実を知りながら隠蔽《いんぺい》することに、竜太郎は異を唱えた。だが、筆頭与力らに聞き入れられなかったのではないか。

「万が一のことがあっても、あなたはきっと苦しみますよ。あなたはそのことをわかっているのではありませんか。本来なら横瀬さまに注意を呼びかけるべきだ、そう思っているのではありませんか。それが出来ないあなたの苦しい立場はわかります」

「青柳どの」

竜太郎は喘《あえ》ぐように言った。

「私は関知しなかったことにしてくれ」

「わかりました。私から秘かに横瀬さまに」

剣一郎は念を押した。

「任せる」

竜太郎の表情に安堵のようなものが窺《うかが》えたのは気のせいだろうか。

「それはそうと、例の押込みの件はいかがですか」

ひと月前に本郷《ほんごう》の質屋で起きた押込みだ。主人夫婦と番頭の三人が殺され、七百両が盗まれた。たまたま、火盗改めの密偵《みってい》が近くを通りかかって事件を知り、最初に火盗改めが駆けつけた。そのために、事件は火盗改めの預かりとなっている。

「まだだ。だが、我らで解決する。では、先に行く」

竜太郎は足早に去って行った。

押込みの件は山脇竜太郎のいる火盗改めに任せるしかない。

問題は、鉄砲方同心殺しのほうだ。糸川松十郎の妻女が聞いたという「これがあれば火盗改めに神楽坂での恨みを晴らせる」という言葉は事実に違いない。妻女に会って確かめるべきだが、山脇竜太郎が言うように、火盗改めが横瀬藤之進を指している可能性はある。

剣一郎は少し間を置いてから境内を出た。陽はだいぶ高く上っていた。

四

剣一郎はその足で神楽坂に向かった。

昌平橋《しょうへいばし》を渡り、神田川《かんだがわ》沿いを西に行き、牛込御門《うしごめごもん》外から神楽坂を上った。

右手に武家屋敷が続き、この先にも諸組の組屋敷が固まっているので、この時間帯でも武士の姿を見かける。

毘沙門天の善国寺《ぜんこくじ》を過ぎたところに下駄屋があった。ここだろうと思って、剣一郎は店先に立った。

奥に店番の男がいる。鬢《びん》に白いものが目立つ。主人だろう。笠をとって、中に入る。主人は怪訝そうな顔をしていたが、はっとしたように居住まいを正した。

「青柳さまで……」

左頬の青痣《あおあざ》でわかったのだろう。

押込みをたったひとりでやっつけた武勇伝は語り種《ぐさ》になっていて、そのとき受けた頬の傷が青痣になって残っていることから、いつしか青痣与力と呼ばれるようになった。

「少し訊ねたいことがある」

「はい」

緊張した顔で、主人が応じる。

「三カ月前、この近くで浪人が武士に斬られたことがあったらしいが」

「はい。ちょうど、店の前でしたので驚きました」

ちんまりした顔の主人は声を震わせた。

「どういう状況だったのだ?」

「暗くなって戸を閉めようとしていたら、毘沙門天のほうから言い合いながら浪人と武士がここまでやって来たんです。そのうち、いきなり武士のほうが刀を抜いて

「……」

「武士の顔を見たか」

「いえ。暗かったのでよくわかりませんでした」

「そうか。暗かったか。で、武士はどうした？」

「そのまま行ってしまいました」

「行ってしまった？」

「はい」

山脇竜太郎の言い分とは少し違うようだ。火盗改めであれば、死体をそのまま捨ておかないだろう。事件絡みではなく、口論の末のことか。

「どっちへ行った？」

「矢来下《やらいした》のほうです」

牛込御門と反対のほうだ。諸組の組屋敷がある。武士は屋敷に帰るところだったのかもしれない。

「浪人の素性は？」

「この先の裏長屋に住んでいた鼻摘《はなつま》み浪人です。昼間から酔っぱらって、あちこちで金をせびって、若い女にはすぐちょっかいをかける。正直なところ、この辺りの者は斬ってくれたお侍さんに感謝していますよ」

主人は声高に言った。

「このことを火盗改めがききに来たのか」

「はい。来ました。青柳さまと同じようなことをおききになりました」

「そうか。わかった」

剣一郎は下駄屋を出た。

自身番を訪ね、月番で詰めていた家主《いえぬし》にきく。

「三カ月前、下駄屋の前で浪人が武士に斬られた件だが」

「はい。殺された浪人はたちのよくないひとで、この界隈《かいわい》に睨みをきかせている末蔵《すえぞう》親分に相談しても埒《らち》があかなかったんです。ですから、皆ほっとしていました。斬ったお侍さんに感謝したいと言ってました」

家主は下駄屋の主人と同じようなことを言った。

「で。その武士の名前はわからなかったのか」

「はい。わかりませんでした。末蔵親分も探してましたが、見つかりませんでした」

「末蔵の家は？」

「そこの通りの並びにある一膳飯屋《いちぜんめし》です。かみさんが店をやっているんです」

「わかった。邪魔をした」

自身番を出て深編笠をかぶり、剣一郎は通りの並びにある一膳飯屋に向かった。

いくらも歩かないうちに、前から荷を積んだ大八車が凄まじい勢いでやって来るのを見た。通行人があわてて左右に避ける。

妻恋坂の件もあり、見過ごしに出来ない。剣一郎は大八車の前に立ちはだかった。

「邪魔だ、どけえ」

筋骨たくましい体のいかつい顔の車力が、大声で怒鳴りながら大八車を引っ張って来る。

大八車が迫っても、剣一郎は動かない。

足を踏《ふ》ん張って、車力は大八車を止めた。

「どけってのが聞こえねえのか。この唐変木《とうへんぼく》」

赤銅色に焼けた顔は眦《まなじり》がつり上がり、まさに赤鬼だ。

「危ねえじゃねえか」

もうひとりの車力も腕まくりをしていきり立った。

「どけ。こちとら急いでるんだ」

赤鬼が叫ぶ。

「どこまで運ぶのだ?」

剣一郎は声をかける。

「なんだと。そんなこと関係ねえ。早くどけ。どかねえとひき殺すぜ」

「おまえたち、いつもそのような調子で荷を運んでいるのか」

剣一郎は呆《あき》れ返った。

「なにぐずぐずいいやがる。どけ」

車力が怒鳴った。

周囲に野次馬が集まっている。その野次馬をかき分けて、小肥《こぶと》りの男が出て来た。

「おうおう、こんなところに車を停めてどうしたっていうんだ」

ぎょろ目で周囲を睥睨《へいげい》する。

「あっ、末蔵親分。このサンピンが邪魔をしやがった。とっちめてやってくだせえ。やい、さっさとどけ」

車力は岡っ引きの登場にますます勢いづいた。

家主の言っていた岡っ引きだ。

「お侍さん。ここじゃ往来の邪魔だ。どいてもらいましょうか」

末蔵は口許をひん曲げて言う。

「事故を起こしたらどうするつもりだ？」

剣一郎は咎めるようにきいた。

「そんなこと、おまえさんが心配することじゃありませんぜ」

末蔵が冷笑を浮かべた。

「そなた、この乱暴な車力の味方をするつもりか。勢いよく大八車を引っ張っているのを見ても注意をせず、黙っているのか。それでよく、町の安全を守るおかみの御用が務まるな」

「なんだと」

末蔵が息巻いた。

「親分。車をぶつけてやりましょうぜ。そしたら、目が覚めやがる。やい、サンピン。そんときになって泣きベソかくな」

「よし。少し、威《おど》してやれ」

末蔵がけしかけた。

「末蔵。おぬし、誰から手札をもらっているのだ？」

「なんだと。呼び捨てにしやがって」

末蔵が腕まくりをした。

「誰から手札をもらっているのかときいているのだ」

「ちっ。笠をとれ。ひとに質問をするなら笠をとりやがれ」

「笠をとったら、困るのはおまえたちだ」

「なんだと」

末蔵が屈《かが》んで、笠の内の顔を覗こうとした。剣一郎は人指し指で笠を持ち上げた。

じっと見入っていた末蔵がいきなり後退《あとずさ》った。

「親分。どうしたんだ?」

車力がいらだってきいた。

「青痣与力だ」

末蔵がやっと声を出した。

「青痣……」

車力が不審そうな顔をする。

剣一郎は笠をとった。

ひぇえと、車力がのけ反《ぞ》った。

「末蔵。この始末、どうつけるつもりだ?」

「へえ」

末蔵は青ざめていた。威勢のよかった車力たちが竦《すく》み上がっている。

「この者たちはいつもあんな乱暴に車を引いているのか」

「いえ、たまたまで」

「たまたまじゃねえや。いつもだ」

野次馬から声がかかった。

「末蔵は見ても注意をしていなかったようだな」

剣一郎は腹立たしい思いで責めた。

「いえ……」

「しらっぱくれると、ますます自分を追い込むことになる。どうなんだ?」

「へい」

「おまえたち」

剣一郎が顔を向けると、車力たちは震え上がった。

「いいか。ひとを轢《ひ》いたら重罪だ。場合によっては死罪になる。わかっているのか。事故を起こせば、おまえたちも一生を棒に振ることになる。もう二度とあのような乱暴な車の引き方はしないと誓《ちか》えるか。誓えねば……」

「誓います。もう、二度と、あんな乱暴はしません」

赤鬼のような車力は泣きそうな声で言う。

「よし。今の言葉を町の衆も聞いた。もし、同じことをくり返したら、このわしが許さん。これからは、たとえ荷主から急がされても、きっぱりと断れ。末蔵」

「へい」

「よいか。無法を見て見ぬふりをするならおかみの御用を預かる資格はない。そなたがさっきのような姿勢なら、そなたに手札を与えている同心の責任だ。その同心を処罰せねばならなくなる」

「青柳さま。もう、決して、あのようなことはいたしません」

末蔵は青くなって言う。

「約束だ」

「へえ」

「よし。おまえたち、行ってよい。いいか、通行人に恐怖を与えてはならぬぞ」

「へい。誓って」

車力たちは殊勝《しゅしょう》に答えた。

今度は大八車が静かに動いて行った。車が遠ざかるにつれ、野次馬もひとり去り、ふたり去り、だんだんいなくなった。

「末蔵」

改めて、剣一郎は声をかけた。

「へい」

末蔵は畏まる。

「そなたに会いに行くところだった」

「えっ。あっしに」

「うむ。三カ月前、毘沙門天の近くにある下駄屋の前で浪人が斬られたそうだな」

「ええ。牟田陣五郎《むたじんごろう》という浪人です」

末蔵は目を丸くした。

末蔵はすぐに答えた。

「何をして生計を立てていたのだ？」

「香具師《やし》のかしらの庫吉《くらきち》という男の家に出入りをして小遣いをもらっていたようです。用心棒ってわけでしょう。陰《かげ》じゃ、ゆすりたかりのようなことをしていたようです。たちの悪い男でした」

「取り締まれなかったのか」

「へえ。町の衆は仕返しが怖くて訴え出られなかったんです」

末蔵は目を逸《そ》らした。何も手を打たなかった負い目があるのだろう。

「相手の侍の身元はわからなかったのか」

「ええ、わかりませんでした。ふたり連れでした。向かった先から御先手組の侍ではないかと思いましたが……」

「御先手組？」

「はい。そこの組屋敷に入って行くのを見たという者もいたので」

妙だ。横瀬藤之進配下の組屋敷は四谷《よつや》左門町《さもんちょう》のはずだが……。

「牟田陣五郎はどこかで酒を呑《の》んでいたようでした。酔って、すれ違った侍と喧嘩《けんか》になったんじゃねえかと。なにしろ、乱暴者でしたから」

「原因はなんだ？」

「牟田陣五郎には仲間がいたのか」

「庫吉のところの人間とはつきあいがあったでしょうが。青柳さま。いったい、今頃、なんのお調べで」

末蔵が窺うようにきいた。

「牟田陣五郎の仲間が敵討《かたきう》ちをしようとしているという密告があった。真偽のほどは定かでないが、念のために調べている」

剣一郎は別の理由を思いついて言った。

「じゃあ、斬った相手がわかったってことですか」

「そうだ」

「でも、どうしてわかったんでしょうか」

「牟田陣五郎が斬られたとき、いっしょにいた庫吉の子分が武士のあとをつけてたとも考えられる。あるいは、後日、どこかで見かけたとも考えられる」

竜太郎が話していたことを口にした。

「なるほど」

「だが、まだそうだと決まったわけではない。末蔵」

「へい」

「牟田陣五郎の仇《かたき》を討とうとしている仲間、特に浪人がいるかどうか調べてもらいたい」

「へえ、わかりやした」

「この界隈の受持ちは絹《きぬ》田《た》文《ぶん》之《の》助《すけ》だな。文之助にはわしから伝えておく」

末蔵に手札を与えている定町廻り同心だ。

「へい。じゃあ、さっそく行って来ます」

「夕方七つ（午後四時）に、善国寺で落ち合おう」

「へい」

剣一郎は末蔵と別れ、四谷左門町にある御先手組の組屋敷に向かった。このほうに、横瀬藤之進配下の与力・同心の組屋敷がある。

三百坪の敷地に五十坪ほどの住家が建っている。途中、道を訊ね、目的の屋敷に辿《たど》り着いた。

藤之進の配下の大江伝蔵《おおえでんぞう》という与力の家だ。奉行所には敵対している相手だが、ことは重大であり、遠慮している場合ではなかった。

在宅しているかどうかわからないが、剣一郎は門を入りかけた。すると、中から出て来た武士がいた。

「あっ、青柳さま」

「おう、下田《しもだ》どのか」

藤之進配下の同心下田道次郎《みちじろう》だった。藤之進が第二の火盗改めだったとき、ある事件を通して知り合った。藤之進の配下でありながら剣一郎に心酔している男だ。

「大江さまに御用でいらっしゃいますか」

道次郎が不思議そうにきいた。

「うむ。おるか」

「はい、非番でございます。ご案内いたします」

道次郎が引き返した。剣一郎もあとに従った。

火盗改めの職を解かれた藤之進配下の者は御先手組として城門の警備の仕事に携《たずさ》わっている。

玄関で待っていると、道次郎が戻って来て上がるように招じた。

玄関脇の小部屋に通された。

「すぐ参ります」

道次郎が下がろうとするのを、剣一郎は引き止めた。

「下田どのも同席願いたい」

「はっ」

戸惑いながら、道次郎は襖《ふすま》の手前に腰を下ろした。

襖が開いて、伝蔵が入って来た。

「青柳どのが来られるとは意外でしたな。ずいぶん狭い場所で呆れたことでござろうな」

伝蔵は座るなり、皮肉たっぷりに言う。

同じ与力だが、八丁堀与力は犯罪者を扱うということで諸組の与力の中でもっとも格が低い。にも拘《かか》わらず、八丁堀与力には付け届けがあり、暮らし向きは余裕がある。そのことも、伝蔵は気にいらないのかもしれない。

「突然、押しかけたことをお詫《わ》びいたします。ひと言、お伝えしておこうと思いまして罷《まか》り越しました」

剣一郎は下手に出た。

「我らはもう火盗改めではない。いまさら、そなたと関わり合うことなどないと思うのだが」

伝蔵の突き放すような声を聞き流して、剣一郎は切り出した。

「下田どのにもごいっしょに聞いていただきたいのでお引き止めいたしました」

「うむ」

伝蔵は不快そうな顔で道次郎を一瞥《いちべつ》した。道次郎が剣一郎に感化されていると、伝蔵は思っているようだ。

「じつは、三日前の夜、麻布にある鉄砲方同心の役宅で同心が殺され、鉄砲三丁と弾薬が盗まれたそうにございます」

「それがどうした？　我らに関係ない」

伝蔵は冷たい笑《え》みを浮かべた。

剣一郎は構わず続ける。

「そのとき、賊のひとりが、こう漏《も》らしたそうです。これがあれば火盗改めに神楽坂での恨みを晴らせると」

「神楽坂での恨み？」

伝蔵が不思議そうな顔をした。

「三ヵ月前、神楽坂で浪人がふたり組の武士に斬られるという事件があったとのこと。賊が話した恨みはこのことを指していると思われます」

「何のことかさっぱりわからぬが」

「火盗改めに恨みを持つ者が鉄砲を手にしたということです。その狙いが、横瀬藤之進さまの可能性があります」

「なに」

伝蔵は顔色を変えた。

「青柳さま、それはまことでしょうか」

道次郎も膝を進めた。

「明らかなことではありません。なれど、用心に越したことはありません。どうか、このことを承知おきください」

「待て。三ヵ月前、神楽坂で浪人を殺したのは我らの手の者だと言うのか」

「それもはっきりしません。どうか、そのこともお調べ願いとうございます」

「道次郎。神楽坂の件、聞いているか」

伝蔵は道次郎に顔を向けた。

「いえ、聞いておりませぬ」

「青柳どの。我らには寝耳に水の話だ。神楽坂の件も、まったく知らぬ」

伝蔵は小首を傾げた。

「念のために、どなたかが、あの辺りのお屋敷を訪ねたことがないか、調べてはいかがでしょうか」

「組は違っても、同じ御先手組だ。知り合いがいるだろうが……」

「賊がほんとうに横瀬さまを狙っているのか定かではありませぬ。ですが、横瀬さまには注意をなさるようにお伝えください」

「釈然《しやくぜん》としない話だが、いちおう心に留めておく」

伝蔵は困惑した顔つきで答えた。

夕七つに、剣一郎は神楽坂の善国寺に行った。

境内で、末蔵が待っていた。

「青柳さま。庫吉のところで聞き込んで参りやした。牟田陣五郎は崎田大善《さきただいぜん》という浪人と親しかったそうです。ところが、牟田陣五郎が殺されたあと、崎田大善は庫吉の家から出て行ったそうです。理由は言わなかったそうです」

「どこにいるかわからないのだな」

「へえ。その後、音沙汰《おとさた》はないと」

「崎田大善とはどんな男だ？」

「あっしも何度か見かけたことがありますが、暗い感じで、いつもひとりで呑み屋の片隅で酒を呑んでいました。牟田陣五郎とはつるんでいるようには思えませんでしたが」

「そうか」

「どうしましょうか。崎田大善を探しましょうか」

「うむ。そうしてもらおう」

「へい。わかりました」

剣一郎は末蔵と別れ、神楽坂を下った。

五

神楽坂からの帰り、剣一郎は明神下の竹内承安の診療所に寄った。

相変わらず、患者で混み合っている。剣一郎がやって来たことを知って、承安が診療の手を休めて出て来た。

「これは青柳さま」

承安の表情が曇《くも》ったことに気づいた。

「男に何かあったか」

「容体のほうはもう大丈夫のようです。ともかく、お会いください」

承安の態度に不安を覚え、剣一郎は奥の部屋に急いだ。

男はふとんの上に起きていた。

「青柳さま」

男は居住まいを正して礼儀正しく挨拶をした。顔色もよくなっている。ただ、表情にはまだ生気はないようだった。

「どうだ？」

「はい。もうどこにも痛みはありませぬ」

「そうか。それはよかった」

剣一郎は笑みを浮かべたが、男の表情が翳《かげ》ったのが気になった。

「どうかしたか」

「はい。だめなんです」

男は首を横に振った。

「だめとは？」

「思いだせないのです」

苦しげに言う。

「名前をか」

背後に座った承安に顔を向けた。

「どうやら頭を打ったことで、これまでの自分のことをすべて忘れ去ってしまっているようです」

承安が戸惑い気味に答える。

「頭にまだ障害が残っているのか」

「いえ、そのような兆候《ちょうこう》はありません。他に体のどこにも異常はありません。事故の忌《い》まわしい衝撃を忘れようと勝手に心が働き、過去までを忘れさせてしまったのかもしれません」

「そうか」

不安が的中したことに、剣一郎は胸を痛めた。気の問題か。だとすれば、逆に言えば、厄介《やっかい》かもしれないと、剣一郎は思った。

「まったく思いだせないのか」

剣一郎はもう一度、男に顔を向けた。

「はい。名前もどこに住んでいたかも……」

偽《いつわ》りを述べているようには思えなかった。

「あの日、そなたは事故の前、妻恋坂の途中にある稲荷社の境内にある藤棚を見つめていた」

「藤棚？」

「そうだ。薄紫の藤が見事に咲き誇《ほこ》っていた。通りがかりの者も皆見とれていた。そなたは、誰よりも熱心に見ていた」

「藤……」

男は呟《つぶや》いた。だが、そのことも思いだせないようだった。

「どうして、そなたは妻恋坂を歩いていたのか。どこに行こうとしていたかもわからないのだな」

「はい。何も」

「そなたが湯島天神の参道を歩いているのを見ていた者がいた。湯島天神のほうから妻恋坂までやって来たようだ」

「湯島天神のことも思いだせません」

男は気弱そうに首を横に振った。

やはり、藤棚の前で見かけたときの目付きの鋭い精悍な顔つきではない。別人のように穏やかな表情をしている。

今もって、誰からも何も言って来ないことが気になった。ひとりきりで生きているわけではない。この男の周囲の人間は名乗り出てこられない事情があるのだろうか。

「青柳さま。ちょっとよろしいでしょうか」

承安が呼んだ。

「ちょっと待て」

男に声をかけ、剣一郎は承安のあとに従って廊下《ろうか》に出た。

少し離れてから、承安が声を潜《ひそ》めて言う。

「これ以上、私のところでやれることはありません」

「そうだな。他に手のかかる病人もいよう」

剣一郎は頷《うなず》き、

「なんとかしよう」

と、答えた。

「恐れ入ります」

申し訳なさそうに、承安は頭を下げた。

「いや、私も男の今後のことを考えていたところだ」

いつまでも男をここに置いておくわけにはいかない。だが、男は自分の名前を思いだせず、帰る場所もわからない。ひとりで放り出すわけにはいかない。

いずれこの男の身内から知り合いが現れて身元も明らかになるだろうが、それまで我が屋敷で過ごさせようと思った。

「先生」

助手がそばにやって来た。

「今、『清水屋』の伊兵衛さんが参りました」

「助けられた子の父親か」

剣一郎は確かめる。

「はい。毎日、見舞いに来ております。通してもよろしいでしょうか」

承安がきいた。

「構わぬ」

「部屋にお通しを」

承安は助手に命じた。

剣一郎と承安はその場で、伊兵衛を待った。

しばらくして、引き締まった顔立ちの清水屋伊兵衛がやって来た。

「これは青柳さま」

剣一郎に気づいて、伊兵衛は頭を下げた。

「ごくろう。毎日、顔を出しているそうだな」

「はい。娘の命の恩人ですから」

「では、向こうに」

承安が剣一郎と伊兵衛に言う。

「その前に、先生、いかがでしょうか」

伊兵衛が心配そうにきいた。

毎日見舞いに来ているので、娘の命の恩人の男が何も思いだせない状態だということを、伊兵衛も知っているようだった。

「残念ながら、まだ」

承安は厳しい顔で答えた。

「そうですか。そのことでお願いがあるのですが。幸い、青柳さまもいらっしゃっており、ちょうどよろしゅうございました」

伊兵衛はそう前置きして、

「その前にひとつ確かめたいことがございます。自分のことを思いだすようになるまで、このお方はどうなさるのでしょうか」

と、きいた。

「そのことだが、身元が明らかになるまで、私の屋敷に来てもらおうかと思っている」

剣一郎は答えた。

「さようでございますか。もし、出来ましたら、私の家に滞在していただきたいと思ったのでございます」

伊兵衛は真剣な眼差《まなざ》しで言う。

「そなたの？」

「はい。あのお方は娘の命の恩人でございます。そのご恩返しではありませぬが、ぜひそうさせていただけたらと」

伊兵衛は男を引き取りたいと申し出た。

「いかがでございましょうか」

伊兵衛は剣一郎にきいた。

「あの者の気持ちに任せる」

「わかりました。では、向こうへ」

承安が先に立ち、男のいる部屋に戻った。

「そなたに話がある」

剣一郎は切り出した。

「もう治療することもないそうだ。だが、名前を思いだせなければ帰る場所もわからぬ。そこで、これから私の屋敷で過ごしてもらおうかと思ったが、『清水屋』の伊兵衛どのが自分の家に呼びたいと申し出ている。そなたの気持ちをききたい」

剣一郎は男の顔を見た。

「ありがたいお話ですが、素性も知らぬ者を家に置くのは物騒ではありませんか。そうであれば、私は青柳さまにお世話になったほうがいいのかもしれません」

男は答えた。

「いえ、他人のために命を張ったお方が悪いひとであるはずはありません。そのようなことはお考えにならないでください」

「そうだ。清水屋の言うとおりだ。そんなことを気にする必要はない」

剣一郎も言葉を添《そ》えた。

「それほど清水屋さんが仰ってくださるのですから、清水屋さんにお世話になったほうがよろしいかもしれません」

承安が口をはさんだ。

「そのほうが、忘れた過去を呼び戻す機会が多いかもしれない。常に、事故に遭《あ》った周辺を歩き回ったり、清水屋さんの娘さんと顔を合わせているうちに刺激を受けて……」

承安の言葉が決めてだった。

「よし、わかった。伊兵衛、ではそうしてもらえるか」

剣一郎は改めて伊兵衛の申し出を喜んだ。やはり奉行所の与力の屋敷より、伊兵衛のところのほうが心置きなく過ごせるであろう。

「はい。ありがとうございます。亡くなった岳父《がくふ》が去年まで使っていた離れが空《あ》いておりそこを使っていただこうと思っております」

「そうか。それならば、気兼ねなく過ごせよう」

剣一郎は伊兵衛から男に目を移し、

「聞いた通りだ。自分のことを思いだすまで、『清水屋』で過ごすのだ」

と、諭すように言った。

「ありがとうございます」

男は深々と頭を下げた。

「それにしても名前がないのは不便だ。仮の名をつけよう。何かいい名はないか」

剣一郎は承安と伊兵衛の顔を交互に見た。ふたりは首をひねった。

「なければ、ふじ吉《きち》でどうだ。この者は事故の前、藤の花に見入っていた。もしかしたら、以前に住んでいたところに藤の花が咲いていたのかもしれない」

「なるほど。ふじ吉ですか。それはよろしゅうございます」

伊兵衛は笑みをたたえ、

「では、ふじ吉さん。承安先生のお許しが出れば、きょうにも私のところにお出《い》でください。すでに受け入れる支度《したく》は出来ています」

「いや、いつでもだいじょうぶ。もう、治療をする必要はない。ただ、万全を尽くすためにふつかごとに診察を受けに来てもらいたい。いいね、ふじ吉さん」

「わかりました」

さっそく名前を呼ばれ、ふじ吉という仮の名を与えられた男は頭を下げ、

「清水屋さん。よろしくお願いいたします」

「よかった。おいとも喜びます。では、さっそく私はいったん帰って改めて迎えを寄《よ》越《こ》します」

そう言い、伊兵衛はあわただしく引き上げて行った。

「そのうち、奉行所のほうに行方知れずの訴えが届くかも知れぬ。焦らず、『清水屋』に世話になるのだ」

ふじ吉に言い、剣一郎は立ち上がった。

その夜、剣一郎は京之進を屋敷に呼んだ。

「例の男は、『清水屋』の離れで世話になることになった」

剣一郎はそう切り出し、自分の名前も思いだせない状態だと話した。

「思いだせるようになるのでしょうか」

「何かの拍子で思いだせるようになるかもしれぬ。だが、どのくらい時間がかかるか」

「いまだに、行方不明の届けはありませぬ」

京之進はやりきれないように言った。

「妙なことだ」

剣一郎は男の過去に一抹《いちまつ》の不安を抱いた。

が、すぐに気持ちを切り換え、

「ところで、鉄砲方同心宅に賊が押し入ったことは聞いたな」

「はい。宇野さまのお話ではお奉行の警護を厳重にするようにとのことでしたが」

「火盗改めの山脇どのの話では、殺された同心の妻女が、これがあれば火盗改めに神楽坂での恨みを晴らせると賊が言っていたのを聞いていたそうだ」

「神楽坂での恨みですか」

剣一郎は神楽坂での一件を話し、狙いは横瀬藤之進の可能性があることを付け加えた。

「横瀬さまですか」

「もちろん、はっきりしたわけではない。いま、牟田陣五郎の知り合いだった崎田大善という浪人の行方を、絹田文之助の手下の末蔵という岡っ引きが探している。承知置きしておいてもらいたい」

「畏まりました」

京之進が引き上げたあと、剣一郎はふとふじ吉のことに思いを馳《は》せた。藤棚の前で見かけたときの鋭い目付きの精悍な顔を思いだしながら、きょうまで誰も何も言ってこないことには何か重大なことが隠されているのかもしれない。剣一郎はそんな不安を持った。

第二章　藤の花

一

翌朝、剣一郎は麻布にある鉄砲方の組屋敷にやって来た。

通りがかった中間ふうの男に声をかけ、糸川松十郎の屋敷を訊ねた。ちんまりした顔の男は無愛想《ぶあいそう》に指で示した。

剣一郎はその指の方向に行った。

鉄砲方同心は三十俵三人扶持《ぶち》である。笠をとって、木戸門《きどもん》を入る。屋敷の中はしんとしていた。

玄関で声をかけると、若い武士が出て来た。まだ二十歳前後のようだ。

「私は青柳剣一郎と申します。糸川松十郎どののご妻女にお会いしたいのですが」

「どのような御用でござるか」

「糸川どのの仏前にお参りをさせていただきたく」

「少々、お待ちを」

若い侍は奥に引っ込んだ。

待つほどのこともなく、若い侍が戻って来た。

「どうぞ」

剣一郎は式台に足をかけた。

それほど広い屋敷ではない。剣一郎は仏間に通された。そこに、二十三、四歳と思える妻女がいた。灯明《とうみょう》をつけ終えてから、振り向いた。

悲しみに打ち沈《しず》んだ表情だ。

「青柳剣一郎と申します」

改めて、挨拶をする。

妻女は黙って仏前から離れた。

剣一郎は仏前に進み、合掌《がっしょう》した。真新《まあたら》しい位牌《いはい》が目に入る。たったひとり妻女を残していくことはさぞ無念であったろうと、痛ましく思った。

合掌を解き、妻女と向かい合った。美しい顔だちだ。妻女は八重《やえ》と名乗った。

「夫とはどのような」

八重は松十郎との関係をきいた。

「じつは私は南町奉行所の与力でございます。賊のことについて、お訊ねしたく参りました」

「奉行所の……」

「はい。糸川どのの仇を討つためにもお話をお聞かせください」

「火盗改めのお方にすべて話しましたが」

「改めてお話しくださることで、何かを思いだすかもしれません。思いだすのもおつらいでしょうが、ぜひ」

「はい」

八重は大きく溜め息をついた。

「夕餉《ゆうげ》をとり終えたころでした。玄関から賊が押し入りました。三人でした。覆面をしていました」

八重は顔に苦悶《くもん》の色を浮かべ、

「いきなり、夫と私に刃をつきつけ、鉄砲を頂戴したいと言いました。夫がはねつけると、賊は私を殺そうとしました」

と、胸の内を明かした。

「それでやむなく、夫は預かっていた鉄砲と弾薬を差し出しました」

「そのとき、賊は何か言ったそうですね」

「はい。これがあれば火盗改めに神楽坂での恨みを晴らせるとはっきりと」

「はっきりと？」

「はい。まるで、私たちに聞かせるかのように」

剣一郎は疑問を持った。最初から感じていたことだが、なぜ賊はそのような言葉を口にしたのか。八重に聞かせれば……。

「鉄砲を渡したのに、賊はいきなり夫を斬りつけたのです」

八重が恨みの籠《こ》もった声で言った。

「糸川どのが抵抗したわけではないのですか」

「はい。鉄砲と弾薬を奪《うば》ったあとに賊のひとりがいきなり」

「そのとき、糸川どのは賊の何かに気づいたのでは？」

「いえ。それはありません。夫はおとなしくしていたのです。あまりにもむごい」

八重は唇を嚙《か》みしめた。

そもそも、なぜ、賊は糸川松十郎に狙いを定めたのか。そのことも疑問だった。賊が、牟田陣五郎の知り合いの崎田大善だとして、かの者はどうして糸川松十郎を知っていたのか。

「失礼ですが、糸川どのはどなたかに恨みを買っているようなことはありませんか」

「いえ、夫はそのような人間ではありません」

「糸川どのが神楽坂に行かれたことは？」

「ないはずです」

　賊は、鉄砲と弾薬を盗むだけでなく、糸川松十郎を殺す目的もあったのだろうか。しかし、ひとから恨まれるような人間ではないという。もっとも、妻女の言葉だけでは実際のところはわからない。

「失礼ですが、お子さまは？」

「おりませぬ」

「今後、どうなさるおつもりですか」

「まだ、何も考えておりません」

「さきほどの若いお方は？」

「夫の弟の松次郎《まつじろう》です。いろいろ手伝っていただいています。私ひとりでは何も出来ませんので」

　八重は寂《さび》しそうに言ってから、

「私は心配でなりません。奪われた鉄砲で誰かが犠牲になるようなことがあったらと思うと、胸が引き裂《さ》かれそうです」

「我らがきっと阻止します。そして、糸川どのの仇を必ず討ってごらんにいれます」

「どうかお願いいたします」

八重は悲しみを堪《こら》えて言った。

剣一郎は糸川松十郎の屋敷を辞去した。


麻布から神楽坂までやって来た。

牟田陣五郎が斬られた場所から通寺町《とおりてらまち》を過ぎて矢来下に向かった。この界隈には大御番組や御先手組の組屋敷がある。

御先手組は弓組と鉄砲組に分かれ、それぞれ二十組もある。従って、御先手組の組屋敷は各所にある。

しかし、こちらには横瀬藤之進の組の屋敷はない。牟田陣五郎を斬った武士が横瀬藤之進の配下の者だとしたら、こちらのほうに用事があって出かけて来たのだろう。組は違っても同じ御先手組であり、知り合いがいるのかもしれない。

そう思いながら屋敷地にやって来たが、何かがわかるわけではない。

そのとき、向こうから三人の武士が歩いて来た。長身の男を真ん中にすたすたと歩いて来る。

三人の男が近づいて行く剣一郎を見ている。すれ違うときも笠の内の顔を覗こうとした。剣一郎は相手にせずにすれ違った。真ん中の男が冷笑を浮かべた。尖《とが》った顎《あご》の持主だ。

三人は好戦的な雰囲気《ふんいき》を醸《かも》しだしていた。もし、剣一郎が何か反応を示そうならすぐにでも突っかかってくる。そんな感じだった。

御先手組の与力と同心たちかもしれない。戦時には先鋒《せんぽう》を務める強者《つわもの》どもだが、平時は用がない。力を持て余しているのだろうか。

まさか……。行きすぎてから、剣一郎は振り返った。三人は毘沙門天のほうに向かう。

いまと同じようにすれ違おうとしたとき、さっきの武士は挑発するように睨み付けた。それに対して牟田陣五郎は何か反応したのではないか。

牟田陣五郎とて乱暴者だったというから、その挑発に乗った。それが喧嘩の原因ではないのか。

そんなことを思いながら武家地を歩き回り、再び毘沙門天の前まで戻って来た。すると、末蔵が坂を上がって来た。

剣一郎は笠を上げ、顔を見せた。

「末蔵」

「青柳さま」

末蔵が駆け寄って来た。

「何かわかったか」

「崎田大善を根津権現《ごんげん》前の娼家で見かけたって職人がいました。崎田大善には入れ込んでいる娼妓《しょうぎ》がいるみたいです」

末蔵は少し昂奮しながら、

「今夜から根津権現前を張って崎田大善を見つけます」

「うむ。ところで、わしの手伝いをしてくれている文七《ぶんしち》という男がいる。この者をそなたにつける。あとで家に行かせるから」

「わかりました。そいつは助かります。じゃあ、青柳さまへの連絡は、その文七さんというお方に？」

「うむ、そうしてもらおう。ところで、矢来下のほうに御先手組の組屋敷があるが、評判はどうだ？　町の人間に対して横暴な振る舞いなどはないか」

「へえ、それはありません。ただ……」

末蔵は言いよどんだ。

「ただ、なんだ？」

「へえ。河本平吉《こうもとへいきち》という御先手組の与力はすぐかっとなる性格らしく、いったん気に障《さわ》ると、相手を組屋敷の中にある道場に連れ込み、稽古《けいこ》だと称してさんざん痛めつけるそうです。庫吉の手下も何人かやられています」

「そんな乱暴なのか」

「へえ、ですから、町の人間は触らぬ神に祟《たた》りなしで。河本平吉って侍は屋敷内でいつも剣術の稽古をしていて、よく怒声や気合などが聞こえてきます」

「河本平吉とはどんな男だ？」

「長身で尖った顎をしたお侍です」

さっきすれ違った侍かもしれないと思った。

「牟田陣五郎と河本平吉の間に何もなかったのか」

「へえ。じつはあっしは牟田陣五郎が斬られたと聞いて、とっさに河本平吉を思い浮かべました。でも、証拠がないので……」

「河本平吉に、その件を確かめたことは？」

「いいえ、そんなことはできません」

末蔵は首をすくめた。

「まあ、よい。では、引き続き、崎田大善を探してくれ」

「へい」

剣一郎は末蔵と別れ、本郷を経て湯島切通《きりとおし》から湯島天神までやって来た。

すでに剣一郎はふじ吉のことに頭の中を切り換えていた。事故の日、ふじ吉は湯島天神のほうから妻恋坂にやって来たのだ。

ふじ吉はわざわざ参拝に来たのだろうか。それとも、この周辺のどこかに用事があって来たのか。

京之進がこの周辺を聞込みしたが、ふじ吉を見知っている人間は見つからなかった。ただ、参道を歩いて行くふじ吉らしき男は目撃されていた。

京之進の調べでは、ふじ吉が訪れた家は見つからなかったし、売笑婦などのいかがわしい家にも現れた形跡はなかった。

門前町には大きな料理屋も何軒かあるが、もちろんふじ吉がやって来た形跡はない。

剣一郎は参道を下り、妻恋坂に出た。

稲荷社の前まで行き、藤棚に目をやった。藤はやや移ろいはじめたが、薄紫色の美しさはまだ通る者の目を奪う。

あの日、ふじ吉も湯島天神参道を歩いて、ここまでやって来たのは間違いない。そしてじっと藤に見入っていた。

ふじ吉にとって藤は思い入れがある花なのかもしれない。だが、それはふじ吉にしかわからないことだ。

剣一郎は藤棚の前から離れ、妻恋町の菓子屋『清水屋』に向かった。

ふじ吉の容体も回復したことで、車力や荷主に対しては寛大な措置《そち》がとられることになったようだ。いたずらに科人を出さずに済んだことは喜ばしいことだが、ふじ吉のことは心が痛んだ。

剣一郎は『清水屋』の前にやって来た。

『清水屋』は大きな店で、広い間口の店先に優雅な色彩の暖簾《のれん》がかかっていた。主人の伊兵衛は若い頃、京に菓子作りの修業に出て、帰ってからいろいろ創作の菓子を売り出して評判をとった。

この近辺は武家屋敷も多く、神田明神、湯島天神などの門前にある料理屋、それに参道の土産物屋などにも菓子を納めている。

剣一郎は店の並びにある自宅のほうにまわった。土間に立ち、訪問を告げると、女中が出て来た。

「そなたはあのときの女中だな」

「はい。おしんと申します」

伊兵衛の娘おいとと共に、あわやという危機に直面した女中だ。

「おしんか。災難だったな」

剣一郎はいたわるように言う。

「いえ、私なんかのことは……。ただ、お嬢さまがご無事でなによりでした」

「いや、そなたの身も大事だ。なにより、よかった」

「ありがとうございます。これも、ふじ吉さんのおかげです。あの、旦那さまでしょうか。すぐに、呼んで参ります」

「うむ。頼む」

おしんは奥に消えた。

しばらくして、伊兵衛が出て来た。

「これは青柳さま」

伊兵衛は小走りにやって来た。

「ふじ吉はいかがしている?」

「はい。食欲もあり、だいぶ元気になりました。おいともすっかりなついて、いっしょに遊んでもらっています。ただ、自分のことは思いだせないようです」

伊兵衛は最後は表情を曇らせた。

「うむ。時間がかかるかもしれぬな」

「はい」

「ふじ吉に会いたいが」

「庭木戸を抜けていただけませぬか。離れに行き着きますので」

「わかった」

いったん土間を出て、剣一郎は庭木戸を押して奥に向かった。手入れの行き届いた庭に牡丹《ぼたん》が見事に咲き誇っていた。

小綺麗《こぎれい》な離れが見えて来た。その濡縁《ぬれえん》に腰を下ろし、物思いに耽《ふけ》っているふじ吉の姿があった。

足音に気づいて、ふじ吉は顔を向けた。

「青柳さま」

ふじ吉は居住まいを正した。

「なかなかいい住まいではないか」

剣一郎は庭先に立った。

「はい。私にはもったいない限りです。十分に世話を焼いていただき、恐縮しています」

そう答えてから、ふじ吉は真顔になり、

「でも、いつまでも、こんな暮らしを続けて行くわけには……」

と、苦しそうに言う。

「いや、気にせず、すべてを思いだせるようになるまで厄介になるがいい。清水屋の好意に甘えてもよいのではないか」

「ほんとうに、清水屋さんに迷惑ではないのでしょうか」

「迷惑と思うなら、最初からそなたを受け入れたりはせぬ。心配するな」

「ありがたいことです。でも、自分のことがわからないというのは、これほどまでに不自由で心細いものかと」

ふじ吉は暗い顔をした。

「うむ。そうであろうな。だが、そなたのおかげで何人もの命が助かったのだ。おいとと女中のおしんのふたりだけではない。事故を起こした車力四人の命をも救ったのだ。もし、死者が出ていたら、あの者たちも死罪になっていたであろう」

「お役に立てたのなら本望《ほんもう》でございます。ただ」

　ふじ吉はさらに不安そうな顔をした。

「このまま、自分のことが思いだせず歳をとっていくかもしれないと思うと……」

「うむ。そろそろ、そなたの身近にいた者たちが不審を抱いて騒ぎだす頃だ。そなたの知り合いが現れれば、過去を思いだすきっかけになるだろう」

「そうだといいのですが」

　ふじ吉は力なく呟いた。

　事故から何日も経っている。もう、とっくにふじ吉の周辺にいた人間から何らかの反応があっていいはずだ。

　長屋に住んでいるなら住人や大家が不審を抱き、自身番に訴えるだろう。商家の奉公人なら、主人や朋輩《ほうばい》が騒ぐだろう。職人にしても、仲間がいる。どんな仕事をしていようが、人間がひとりで生きているわけではない。ある日突然、ひとりの人間が消えたら、必ず誰かが不審に思うはずだ。

　あるいは江戸の人間ではないのか。しかし、旅籠《はたご》に泊まっている男だったとしても、泊まり客がいなくなれば騒ぐだろう。

　ふじ吉は手ぶらであり、どこかに出かける格好ではなかった。それでも、どこからも何も言ってこないのはなぜだろうか。

「前も言ったように、そなたは藤棚に見入っていた。藤の花に強い思い入れがあるように思える。何か、思うことはないか」

「悔《くや》しいのですが、何も……」

ふじ吉は首を横に振った。

いったい、ふじ吉は何者なのか。自分の過去を追い求めるように虚空《こくう》を見つめているふじ吉を見ながら、剣一郎は微かな不安を芽生《めば》えさせた。

その夜、剣一郎は霊岸島《れいがんじま》にある文七の住む長屋に使いをやった。

文七が庭先に立ったのは五つ（午後八時）過ぎだった。

剣一郎は濡縁に出た。

「文七、また頼みがある」

「はい。なんなりと」

文七は剣一郎が手足のごとく使っている男だ。妻の多恵《たえ》の引き合わせで知った男である。詳しい素性を明かさないが、多恵とは異母姉弟《きょうだい》だと思われた。しかし、剣一郎はあえてそのことを踏みこんできかなかった。

「麻布の鉄砲方同心糸川松十郎の役宅に三人組の賊が侵入し、糸川どのを殺し、鉄砲と弾薬を奪った」

事件の発端《ほったん》からその後の経緯を説明した。

文七は黙って聞いている。一度聞けば事件の本筋をたちまち理解し、自分が何をすべきかを悟《さと》るのだ。

「末蔵という岡っ引きはいま崎田大善の行方を探している。末蔵に手を貸して、この事件を調べてもらいたい」

「畏まりました」

末蔵の住まいを教えてから、

「じつは、いまもうひとつ厄介なことを抱えている」

と、剣一郎は切り出した。

「なんでございましょうか」

「うむ」

剣一郎は、ふじ吉のことも話した。

「まあ、ふじ吉のほうは今すぐにはどうすることも出来ぬ。いずれ、手を貸してもらうこともあるだろう」

「わかりました。では」

文七が引き上げようとしたとき、

「文七さん」

と声をかけ、剣之助が現れた。

「あっ、剣之助さま」

剣之助は文七が好きなようだ。

「文七さん。また、いろいろな話を聞かせてくださいな」

「話を聞かせるなんて。でも、また、ごいっしょさせてください」

「ええ、ぜひ」

「ほう、どこにいっしょするんだ？」

剣一郎が頰《ほお》を緩《ゆる》めてきく。

「居酒屋です。ちょっとした喧騒《けんそう》の中で文七さんと酒を酌《く》み交わしながら話をするのはなかなかいいものです」

剣之助は目を輝かせた。

「恐れ入ります」

文七は腰を折った。

「それはいいことだ」

職人や日傭取《ひようと》りなどが集まって来る居酒屋で酒を呑むのは、世の中を知るためによいことだ。特に、吟味与力として科人の詮議《せんぎ》をするようになる剣之助には必要なことだと、剣一郎は思った。

しばらく三人で談笑してから、文七は引き上げて行った。

「ふたりで呑んでいるときは、文七は自分のことを話したりするのか」

「いえ、あまり話しません。でも、ぽつりぽつりと話が出ます」

「文七の住まいにも行ったことがあるのか」

「ええ、あります」

もっと文七のことをきいてみたい気がしたが、剣一郎は思い止まった。剣之助も話しづらいかもしれないし、こっちも知らない方がいいかもしれない。

「父上。例の男。まだ、素性がわからないようですね」

剣之助が話題を変えた。

「うむ。長引きそうだ」

「そうですか。早く、思いだせるといいですね」

剣之助も心配して言う。

ふと思いだして、いい過去であって欲しいと、剣一郎は願った。

二

翌朝、夜が白《しら》みはじめてから、ふじ吉は起き出し、井戸で顔を洗った。冷たい水が心地よかった。

母屋《おもや》の台所から味噌《みそ》汁の匂《にお》いが漂ってくる。朝餉の支度が進んでいる。店の裏手にある作業場では未明から菓子職人が働いていた。

ふじ吉は離れを出た。庭木戸を開け、門に向かう。

店は大戸を開き、奉公人が掃除をしている。箒《ほうき》を使っていた小僧がふじ吉に頭を下げた。奉公人もふじ吉の事情を知っている。

ふじ吉は『清水屋』をあとにして妻恋坂に向かった。朝靄《あさもや》がかかっている。納豆《なっとう》、豆腐《とうふ》、あさり・しじみと天秤棒《てんびんぼう》を担いだ棒手振りの何人かとすれ違った。

坂を下り、ふじ吉は稲荷社の藤棚の前で立ちどまった。蔓《つる》が棚に巻き付き、藤の花が美しく垂《た》れている。

ふじ吉はじっと藤を見つめる。俺は事故の直前、こうやって藤に見入っていたらしい。藤の花に何か思い入れがあったのだろうか。

今は美しいと思うだけで、他に何かを感じることはなかった。それでも、しばらく見続けた。何か刺激を受けるかもしれない。そう期待したが、何も思いださない。

歯がゆかった。なぜ、何も思いだせないのだ。いったい俺は誰なんだと叫びたかった。大きく溜め息をつく。

その場を離れ、さらに坂道を下り、武家屋敷の脇の路地から神田明神の裏門に出た。石段を上がり、境内に入る。

この時間にもお参りのひとが何人かいた。ふじ吉は拝殿で手を合わせた。どうか、自分を取り戻せますようにと熱心に願った。

自分が何者であるかわからないことに焦りを覚えるのはある不安からだ。いまだに自分を探そうとしている人間が現れないことが気がかりだった。

いくらなんでもたったひとりで生きてきたとは考えられない。それに荷物も何も持っていないのだから、住まいはどこかにあったはずだ。もしかしたら、自分はお天道《てんと》様の下を歩けない人間なのではないか。

仲間は届け出てこられないのではないか。湯島天神のほうから歩いて来たらしいが、ひとに言えない事情があってそっちに行ったのかもしれない。

考えれば考えるほど、自分はまっとうな道を歩んで来た人間ではないような気がする。それより、もっと恐ろしい想像を持った。

自分はこれから何かをしようとしていたのではないか。その下調べのために、湯島天神界隈を歩きまわっていたのではないか。

そう思って愕然《がくぜん》とした。そう恐れる一方で、そんなことはないと心の奥から反撥《はんぱつ》する声が聞こえた。

もし、ほんとうに悪い人間なら、八丁堀の与力や同心たちだって自分に警戒の目を向けるのではないか。皆、自分にやさしく接してくれている。人助けしたからだけではない。悪い人間なら、悪人を見続けて来た人間の目をごまかせないはずだ。いや、それだったら、行方不明になったことを、誰かが騒いでくれるのではないか。自身番に届け、探そうとしてくれるのではないか。それがないのは、やはり……。

そんな恐れから逃れるようにふじ吉は熱心に祈った。

(どうか、悪い人間ではありませんように)

願い終えたあと、少し気持ちが落ち着いてきた。拝礼をし、拝殿の前を離れたとき、そうだとあることを思いついた。

このままじっと待っていても仕方ない。もし、自分がやくざな道を歩んでいた人間だとしたら、盛り場を歩き回れば俺を知っている人間に出会うかもしれない。毎日、人出の多い場所を歩いていれば、いつか誰かが自分を見つけてくれるかもしれない。

そう心が決まると、ふじ吉は『清水屋』に急ぎ帰った。

離れに行くと、おしんが食事の用意をして待っていた。

「ふじ吉さん。どこに行ってらっしゃったんですか。ご飯が冷めてしまいます」

「すまなかった。神田明神に行って来た」

「まあ」

おしんは痛ましげに頷いた。

「神様が聞き入れてくれるかどうかわからないが」

ふじ吉は自嘲《じちょう》気味に言う。

「きっと聞いてくれます」

おしんがむきになって言う。

「そうだな」

「あっ、ご飯、つけます」

あわてて、おしんは碗《わん》をとってお櫃《ひつ》を引き寄せた。

「すまない」

碗を受け取る。

「おしんさん、いつもすまないな」

飯を食いながら、ふじ吉は声をかけた。

「そんなことありません。こんなこと、当たり前です。気にしないでください」おしんは
ふじ吉を命の恩人と思っているようで、おしんはなにかと世話を焼いた。おしんは
二十二歳で、『清水屋』に奉公に上がって四年になるという。

ふじ吉は飯を口にほおばった。食欲はある。

「お代わりを？」

「おしんさんは江戸のひとかえ」

碗を渡してから、ふじ吉はきいた。

「いえ、葛西《かさい》です」

「葛西……」

ふじ吉は呟く。

「どの辺なんだね」

「江戸の近郊です」

碗を持ったまま、おしんが不思議そうな顔をした。

「だめだ、思いだせない」

「…………」

おしんは眉根《まゆね》を寄せた。

「ああ。早く、自分が何者だか、思いだしたい。俺はいったいどんな人間で、何をしていたのか」

ふじ吉は嘆《なげ》いた。

「焦らないほうがいいと、旦那さまも仰ってました」

「いつまでも世話になっているのも心苦しい」

「ふじ吉さんが昔のことを思いだしたら……」

おしんが言葉を詰まらせた。

「どうかしたのか」

ふじ吉は訝《いぶか》しくおしんを見た。

「いいえ、何でもありません」

おしんは俯《うつむ》いたが、すぐにはっと我に返ったように、碗にご飯をよそった。

「はい。どうぞ」

「ああ、すまない」

ふじ吉はおしんの給仕でいつも飯を食う。旦那に言われたわけではなく、おしんが進んで望んだことらしい。

「あの、おいとお嬢さまが踊りのお稽古に行くとき、ごいっしょしていただけないでしょうか。お嬢さまがごいっしょしたいと言っているんですけど」

「おしんさんもいっしょなんだろう」

「はい」

「わかった。喜んで」

「よかった」

おしんは声を弾ませた。この前の事故のことがあるので、ふじ吉がついていたほうが清水屋も安心するだろう。

事故の直後、自分のそばで倒れていたふじ吉を見て、おいとは驚いていたらしい。おいとには何が起こったのかすぐには理解出来なかったが、ふじ吉が自分を助けてくれたことだけはわかったらしい。

「お嬢さま、きっと喜びます」

おしんはうれしそうに言った。

朝餉が終わり、おしんが膳《ぜん》を片づけて行ったあと、伊兵衛がやって来た。商売も繁《はん》昌《じょう》しているようで、伊兵衛は自信に満ちた顔をしている。

「何か不自由はございませんか」

差し向かいになってから、伊兵衛がきいた。

「いえ、もったいないくらいです」

ふじ吉は恐縮して答える。

「何か希望があれば、遠慮なく仰ってください」

「こんなにお世話になって、他に望むことなどありません」

「何を仰いますか。ふじ吉さんは私どもの命の恩人です。これぐらいのことをするのは当然でございます」

「恐れ入ります。ただ、このまま世話になっているのも心苦しいばかりでして」

「ご自分のことを思いだすまでは、そのようなことを考えないでください」

「でも、いつまでも遊んでいるわけには参りません。自分を思いだせないなりに自分の力で生きていかねば……」

ふじ吉は悲壮《ひそう》な覚悟で言う。

「ふじ吉さん。そんなに焦る必要はありません」

伊兵衛は懐《ふところ》から巾着《きんちゃく》を取り出した。

「ここに閉じ籠もってばかりいるのはよくありません。これでどこか気晴らしでもしてきたらいかがですか」

「これは？」

ふじ吉は目を見張った。

「当座の小遣いです。足りなければ仰ってください」

「とんでもない」

ふじ吉は手を横に振った。

「遠慮はいけません」

伊兵衛はふじ吉の手に銭を握らせようとした。一分金だけでも四枚あり、全部で二両近くあった。

「こんなことをしていただいては」

ふじ吉は押し返した。

「何度も言うようですが、遠慮はしないでください」

「でも」

ふじ吉は困惑した。

「このぐらいのことは当然です。お気兼ねなく」

伊兵衛は鷹揚《おうよう》に言った。

自分は巾着を持っていたが、銭はあまり入っていなかった。

自分の過去を求めて盛り場を歩き回ろうとしている身には有り難かった。

「では、お借りしておきます」

ふじ吉は押しいただくようにした。

「ふじ吉さん。遠慮は無用ですよ。それに、おいとの外出のときにはついて行ってもらえると安心です。これからもよろしくお願いいたします」

「はい。喜んで」

「あなたのようなお方に出会えてほんとうによかったと思っています」

しみじみ言い、伊兵衛は引き上げて行った。

伊兵衛の親切が身に沁《し》む。だが、もし、自分がとんでもない人間だったらと思うと、五体が引きちぎられそうになった。だが、それでも自分の過去を求めて動きださねばならない。ふじ吉は悲壮な覚悟を固めた。

それからすぐに、ふじ吉は立ち上がった。

離れを出て行くと、おしんが飛び出して来て、

「お出かけですか」

と、きいた。

「少し町を歩いて来る。知った人間に出会うかもしれない」

「道に迷ったりしたら」

「だいじょうぶだ。最近のことは覚えているからね」

「では、お気をつけて。行ってらっしゃい」

おしんは心配そうな表情で見送った。

『清水屋』を出てから妻恋坂に向かい、坂の途中にある稲荷社まで行った。

藤棚の前で立ちどまる。この藤のどこに惹《ひ》かれたのか。単にきれいだと思っただけなのか。それとも、自分は藤に何か特別な思い入れがあるのだろうか。

やはり、何も思いださない。

あの日はこの道なりの先にある湯島天神のほうから歩いて来たらしい。ふじ吉は来た道を戻り、妻恋町の角を右に曲がって湯島天神を目指した。

参道の両側に料理屋や水茶屋が並んでいる。ふじ吉はわざとゆっくり歩く。自分を

見つけて声をかけて来る人間を期待しながら鳥居をくぐった。

拝殿に手を合わせ、男坂《おとこざか》を下る。矢場や水茶屋の並んでいる一帯に出た。まだ、店は開いていないので人通りは少ない。この通りを歩いたことがあるかどうかわからない。

路地を曲がり、湯島切通に出て坂を上がる。途中を左に曲がり、さっきの湯島天神の鳥居に出た。ひとまわりしたことになるが、誰かに見られているという感じはしなかった。

途中、大きな料理屋があった。『とよかわ』と看板に書いてある。門から中を覗く。庭も広い。裏手にまわった。黒板塀の外に大きな楠《くすのき》があった。太い枝が塀に沿って伸びている。

ふじ吉は一瞬何かが脳裏を掠《かす》めた。藤と同じで、この楠も自分の過去に関係があるのだろうか。

しばらく楠の下に佇《たたず》んでいたが、しかし、二度と何も感じることはなかった。ようやくその場から離れた。

再び鳥居の前に出た。その近くに、ぼさぼさの髪に髭《ひげ》を生やし、すり切れた着物に藁《わら》の帯を締めた物貰いが座っていた。

目の前の笊《ざる》に銭を入れてから、ふじ吉は参道をさっきとは逆に歩いた。あの日もこの道を通ったのではないか。すれ違ってもふじ吉に注意を向ける者は誰もいなかった。

妻恋坂に出た。右に行けば、『清水屋』のほうだ。あの日、ふじ吉はここから左に曲がったのだ。

そして、再び稲荷社の前に立った。もう一度、藤棚を見つめる。なぜ、藤棚に見とれたのだろうか。自分の住まいの近くに藤棚があったのだろうか。その藤棚と比べていたのか。何度も藤を見つめ、思いだそうと努めるが、何もわかるはずはなかった。

ともかく、あの日、藤棚の前を離れ、坂を下ったところで事故に遭遇したのだ。まったく覚えていない。いったい俺はどこに行くつもりだったのか。自分の住まいに帰る途中だったと思うが……。

陽が中天に差しかかり、影が短くなっていた。

「もし」

背後で声がした。はっと胸を轟かせて振り向く。二十五、六の四角い顔のがっしりした体つきの男だ。車力だとすぐわかった。竹内承安の診療所にいるとき、荷主の男といっしょに詫びに来た。

「車力の源吉です。一度、承安先生のところで」

遠慮がちに源吉が声をかけた。

「ああ、覚えている」

ふじ吉は応じる。

「ご自分のことを思いだせたでしょうか」

源吉もこっちの事情を知っていた。

「いや、まだ」

ふじ吉は首を横に振った。

「あっしのせいで、申し訳ないことです。あんとき、あっしが荷を受けとめていれば、こんなことにならなかった」

源吉は自分を責めた。

「いや。あれは事故だったんだ。あなたが悪いわけではない」

ふじ吉はなぐさめるように言った。

「いえ。あっしは転がってきた荷から逃げてしまったんです。あなたのように勇気があったら……」

「とっさに逃げるのは当然だ。自分を責める必要はない」

「あなたのおかげであっしも命が助かったんです。なんとお礼を申してよいやら」

「もういいですよ。あなたはもう自分の暮らしに戻ってください」

ふじ吉はあまりにも自分を責めている源吉が逆に痛々しかった。

「思いだせるように心当たりを歩き回っている。そのうちもとに戻ると思うが」

ふじ吉は呟くように言う。

「何かお手伝いすることはありませんか。ぜひ、やらせてください」

源吉は熱心に訴えた。

「気にするな」

ふと思いついて、ふじ吉はきいた。

「藤で有名なところというとどこだね」

「藤ですか。藤の名所といったら亀戸天満宮でしょう。御竹蔵も見事だと思いますが、なんといっても亀戸天満宮では」

「亀戸天満宮？　それはどこだね」

「えっ」

源吉が顔色を変えた。

「亀戸は本所《ほんじょ》の先ですぜ」

「本所……」

「わからないんですか」

源吉の表情が強張《こわば》った。

「いや、名前はなんとなくわかる」

ふじ吉は愕然とした。土地の名前も忘れているのだろうか。亀戸天満宮も本所も聞いたことはある。だが、どう行けばいいのかわからない。

「もし、亀戸に行くならご案内します。そうさせてください」

源吉は熱心に言う。

「そうだな。じゃあ、案内してもらおうか」

ふじ吉は何か手掛かりを摑みたいと思った。

ふたりは妻恋坂を下り、明神下から神田川に出る。

筋違橋《すじかいばし》を渡り、柳原通りに入った。この通りは覚えている。歩いたことがあるのだ。覚えているのは、歩いたのが最近だからだろうか。

朝市が終わり、掛け小屋が建ち、矢場や食べ物屋、茶屋などが続々と店を並べ出している両国広小路《りょうごくひろこうじ》を抜けて、両国橋に差しかかった。

この橋も渡ったことはある、と思った。橋の途中で立ちどまり、下流のほうに目を向けると、富士《ふじ》が望めた。

ここから富士を眺めたことがあるのかもしれない。

「あの山の名はわかりますかえ」

源吉が横に立ってきいた。

「富士だ」

「あっ、そのことは覚えているんですね」

源吉がうれしそうに言う。

「そうだな。この橋も渡ったことがあるようだ」

「期待出来そうですぜ。さあ、行きましょう」

源吉は急かした。

本所回向院《えこういん》を過ぎ、そのまままっすぐ小禄の武家地を突っ切り、川に出た。

「横川《よこかわ》です」

「横川……」

ふじ吉は顔をしかめた。覚えていない。

横川に沿って進み、橋を渡った。法恩寺橋《ほうおんじばし》も覚えていない。

法恩寺の前を過ぎ、さらに行くと、川の向こうに神社の大屋根が見えてきた。

「天神川《てんじんがわ》です」

源吉が言う。

だんだん源吉の口にする名前がわからなくなってきた。

天神橋を渡って亀戸天満宮に辿り着いた。

賑《にぎ》やかな参道から鳥居をくぐり、太鼓橋《たいこばし》を渡る。ふじ吉には記憶がなかった。

藤棚の近くに行った。見物人が多い。藤棚からたくさんの長い花房《はなぶさ》が垂れ下がっているのは息を呑むほど見事だ。

何か心が動いたような気がした。が、それは一瞬だった。しばらく、その場に佇む。花の香りが芳《かぐ》わしいが、その香りからも何かを思いだすようなことはなかった。

藤の花に何か思い入れがあるようだが、自分が眺めた藤棚がここかどうかわからなかった。

ふじ吉は諦《あきら》めて、その場を離れた。

「だめですかえ」

源吉が溜め息をつく。

「いや、一瞬だけ心が動いた。やはり、俺は藤の花に何かの思い出を持っているのは間違いないようだ」

源吉を落胆させないように言う。

「一瞬でも心が動いたなら、期待が持てそうですかね」

源吉はあえて明るい声で言う。

「うむ。少しずつだが、よくなっているかもしれない」

慰《なぐさ》めるために言っただけで、ふじ吉は何も手応《てごた》えを感じていなかった。

来た道を逆に辿って回向院までやって来た。回向院の前の広場にも芝居、軽業《かるわざ》に茶屋やわらび餅《もち》、飴《あめ》売りなどの店が出ていて賑やかだ。

「ちょっと、寄ってみる」

「へい」

ふじ吉は回向院の参道をゆっくり歩き、境内に入った。自分を知っている人間が声をかけてくるかもしれない。その期待も虚《むな》しく、本堂にお参りをして参道を引き返す。

再び、両国橋を渡った。往来のひとはたくさんいる。武士もいれば僧侶もいる。商家の主人や番頭、女中を連れた内儀、職人から大道芸人とさまざまだが、誰もふじ吉を気にかけていなかった。

もう一度、両国広小路の芝居小屋や見世物小屋、矢場や水茶屋の前をゆっくり歩き回る。何の手応えもなかった。

「行こう」

　ふじ吉は源吉に声をかけた。

　広小路を出て柳原通りに差しかかったとき、ずっとついて来ている男に気づいた。茶の格子柄の着流しの遊び人ふうの男だ。

「源吉さん」

　ふじ吉は歩きながら呼びかけた。

「へい」

「さっきからつけてくる男がいる」

「えっ」

「振り返るな」

　源吉を押しとどめる。

「俺がひとりになるのを待っているのかもしれない。途中で別れよう」

「へい」

「もし、男が俺に声をかけて来なかったら、あの男のあとをつけてもらいたい」

　ずっとあとをつけてくるのはこっちに心当たりがあるからだ。俺を知っていたとしても、何らかの事情で声をかけてこられないのかもしれない。

「わかりやした」

昌平橋を渡った。やはり、男は橋を渡ってくる。

明神下に差しかかり、

「じゃあ、頼んだ」

と、ふじ吉は源吉に声をかけた。

「へい」

まっすぐ池之端《いけのはた》のほうに向かう源吉と別れ、ふじ吉は妻恋坂のほうに曲がった。

ゆっくり坂を上る。男が声をかけて来る様子はなかった。

稲荷社の藤棚の前で立ちどまる。横目で男を見たが、少し離れたところの路地に隠れているのがわかった。

知っている男かどうか見極めがつかないのだろうか。

藤棚を離れる。男が路地から出て来たのがわかった。

坂を上り、妻恋町に入った。

『清水屋』に帰り着き、さりげなく振り返ると、男は離れたところで立ちどまっていた。何者だろうか。男の背後に源吉の姿があった。

あとを源吉に任せ、ふじ吉は離れに戻った。

「お帰りなさい」

部屋に落ち着くと、おしんが顔を見せた。

「お帰りなさい。お昼、まだでしょう。いま、すぐ支度します」

尾行者のことが頭にあり、昼飯のことをすっかり忘れていた。

「おしんさん。すまないが、ちょっと外を見て来てくれないか」

「外を？」

「茶の格子柄の着物を着た男がいるか見てくれないか」

「はい」

怪訝そうな顔で、おしんは外に行った。

すぐに戻って来て、

「誰もいませんよ」

「そうか。すまなかった」

「そのひと、何なんですか」

「いや、気のせいだったかもしれない。飯を食べたら、おいとちゃんを送って行く時間だな」

「はい。じゃあ、すぐお昼の支度を」

「いや、いい。それほど腹は空いていないんだ」

「どこか具合でも？」

おしんは心配した。

「いや。そうではない。ただ、今は食べたくないだけだ」

「じゃあ、あとで握り飯を作って来ます」

おしんが母屋の台所に向かったあと、ふじ吉はさっきの男のことを考えた。

あの男は俺のことを知っていたのだろうか。ならば、なぜ、声をかけて来なかったのか。似ていると思っただけで、はっきりしなかったのだろうか。顔つきなり、雰囲気が以前と違っているのかもしれない。

しかし、つけてきた男が自分と知り合いだとすると……。とたんに、ふじ吉は胸に針《はり》で刺されたような痛みを覚えた。

あの男は遊び人ふうであり、堅気《かたぎ》の人間とは思えなかった。自分はそういった種類の人間だったのであろうか。

おしんが握り飯を持ってやって来た。考えを中断し、ふじ吉が笑顔で迎えた。

三

その夜、八丁堀の剣一郎の屋敷に京之進がやって来た。五つ半（午後九時）をまわっていた。

「このような遅い時間に、申し訳ございません」

京之進は恐縮して頭を下げた。

奉行所内の若手の与力や同心から、剣一郎は青痣与力として畏敬《いけい》と憧《あこが》れの念で仰ぎ見られているが、中でも、この京之進ほど剣一郎に心酔している者はない。

が、剣一郎が尊敬の念で見られているのはそんな昔語りからだけではなく、宇野清左衛門から定町廻りに手を貸すように特命を受け、数々の難事件を解決してきた手腕に対してもあろう。

「気にすることはない。それより、何かあったのか」

剣一郎はきいた。

「はい。じつは、神田岩本町《いわもとちょう》にある嘉右衛門店《かえもんだな》の家主から友助《ともすけ》という男が三日前から行き方知れずになっているという訴えがありました」

新たな問題が発生したことに、剣一郎は複雑な思いだった。

「はい。友助は五十過ぎの男で、ふじ吉とはまったく別人です。ただ、友助のところに十日ほど前まで三十前の男が頻繁《ひんぱん》に顔を出していたようなんです」

「三十前の男か」

「細身の男で、特徴もふじ吉に似ています。最近は顔を出していなかったというので、ひょっとしたらと思いまして」

自信なさそうに、京之進は言う。

「いちおう、調べてみたほうがいいな」

ともかく、手掛かりになることはなんでも調べてみるのだ。

「明日、家主をふじ吉に会わせてみようかと思います」

「そうしてもらおう。ところで、行方不明の友助は何をしているのだ?」

剣一郎は確かめた。

「若い頃は花火師だったそうです。両国の川開きにも、花火を打ち上げていたというのが友助の自慢だったそうです。十年ほど前に、花火の事故で火傷《やけど》を負ってから花火師をやめ、古傘買いをしていたそうです」

「以前は花火師か」

ふじ吉も花火師だったのではないか。最初に会ったとき、微かに何かの匂いを感じた。

あれは体に染み込んだ硝煙《しょうえん》の匂いだったのではないか。

しかし、花火師だとしたら、花火師の仲間から何か言って来てもいいはずだ。

念のために、剣一郎はそのことを持ちだした。

「花火師ですか」

京之進もはったと頷いた。

「私もなんとなくある種の香りを感じました。硝煙の匂いと言われれば、そのような気もします。わかりました。横山町《よこやまちょう》にある花火屋の『鍵屋《かぎや》』にもきいてみます」

「うむ。頼んだ」

何度か会ううちにふじ吉から硝煙の匂いが感じられなくなったのは、こっちの鼻が馴《な》れてきたからかもしれない。

「いずれにしろ、ふじ吉が花火師なら、友助に会いに行くのも理由がありそうな気がします。友助から何かを教わろうとしていたのかもしれません」

「しかし、ふじ吉のことより、友助が三日前から姿が見えないことも気がかりだ。何か事件に巻き込まれたか」

「行き倒れの知らせは今のところ、どこからもありません」

京之進も困惑しているようだ。

「友助に何か姿を晦《くら》ます理由はあったのか」

「いえ。若い頃はかなり無茶なことをしていたようですが、最近はいたっておとなしかったようです。酒はたしなむだけ、手慰《てなぐさ》みもやめたようです」

「女のほうはどうだ？」

「年のせいもあるでしょうが、それもなかったということです」

「つまり自分から姿を消す理由はないのだな」

「はい」

「事件、あるいは事故に巻き込まれたか。ともかく、ふじ吉と関係があるのかないのか、そのことも含め、詳しいことを調べるのだ」

「はっ、畏まりました。夜分、お邪魔いたしました」

ふじ吉が元花火師の友助に会いに来ていた男かどうかは明日にははっきりする。だからといって、ふじ吉の素性がそれでわかるわけではない。

ふじ吉の仲間が訴え出て来ないのは不自然だ。やはり、名乗り出て来られない事情があるのだろうか。

さっきはふじ吉が花火師ではなかったかと考えたが、はじめて見かけたときの鋭い眼光と精悍な顔つきが印象に残っている。

やはり、ふじ吉は堅気の人間ではなかったのかもしれない。

廊下《ろうか》に足音がし、襖の向こうで多恵の声がした。

「入れ」

剣一郎は応じる。

襖が開いて多恵が入って来た。白っぽい柄に薄紫の藤の模様の着物を見て、剣一郎はあっと声を上げた。

「どういたしましたか」

多恵が奇妙な顔をした。

「いや」

剣一郎は苦笑して、

「そなたの着物の柄を見て、思いついたことがあった」

「藤の模様ですか」

「うむ。先日話したふじ吉という男のことだ。あの者は藤棚に興味を示していた。過去に藤に絡む何かがあったのかもしれない。そう思っていた」

「ええ、藤棚の近くに住んでいた可能性もあると仰っていました」

「だが、そなたの着物の模様を見て、必ずしもそうではないかもしれないと思ったのだ」

「まさか、着物の柄に？」

「それもひとつかもしれない。ふじ吉は藤をあしらった着物の柄の女と直前までいっしょにいたか、親しい関係にあったか」

剣一郎はそう思いついたが、そのことが素性を明らかに出来る手掛かりにはならないことに落胆するしかなかった。

「まあ、明日にはなんとか手掛かりが見つかるといいのだが」

「でも、自分のことを忘れてしまうなんて痛ましいこと」

多恵も眉根を寄せた。

「ところで何か話があるのではないか」

剣一郎は多恵にきいた。

「はい。るいのことにございます」

「そのことか」

剣一郎は急に憂鬱《ゆううつ》になった。

「いちおう、お受けしていることだけでもお話ししておこうかと」

縁談の話だ。るいには縁談がたくさん来ている。るいも嫁に行ってもいい年齢だ。

剣之助の嫁の志乃《しの》と姉妹のように仲がよく、志乃と別れるのはいやだとも言っている
らしいが、いずれは嫁に行かざるを得まい。

そのことはわかっているが、剣一郎はるいの縁談を考えるのはいやだった。

「いや、いい。そなたに任せる」

剣一郎は逃げるように立ち上がった。

「どちらへ？」

「もう、休む」

剣一郎は耳を塞《ふさ》ぐようにして部屋を出た。多恵はきっと苦笑しているに違いない。

翌朝、剣一郎が朝餉をとり終わったとき、文七がやって来た。
剣一郎は濡縁に出て、庭先に立った文七と向かい合った。
「崎田大善がゆうべ根津権現裏の『志摩屋《しまや》』という娼家に現れました。おせつという
娼妓に入れ込んでいるようです」

「崎田大善はどんな男だ？」

「小肥りの色白の侍です。末蔵親分が『志摩屋』の遣《や》り手婆《てばば》にきいたところ、最近、一日おきに来ているようです」

「よく金が続くな」

「末蔵親分が言うには、殺された牟田陣五郎といっしょにゆすりたかりをしていたから、今でも同じことをしているのではないかと」

「ゆすりたかりか。しかし、女に入れ込んでいるような男が鉄砲と弾薬を盗むという大胆なことをするだろうか」

剣一郎は疑問を口にした。

最初から牟田陣五郎には敵《かたき》を討ってやろうという仲間は見当たらなかった。しいていえば崎田大善だけだ。

だが、その崎田大善が娼妓に現《うつつ》を抜かしているとなると、牟田陣五郎絡みではないのかもしれない。

「崎田大善の住まいはわかったのか」

「はい。いまは池之端仲町《なかちょう》にある地回りの男の家に居候《いそうろう》しています」

「よし。崎田大善に会ってみよう。案内せよ」

剣一郎は浪人笠をかぶり、文七といっしょに池之端仲町に行った。

神楽坂での恨みが、牟田陣五郎以外のことを指している可能性はあるが、賊がわざわざ神楽坂での恨みと口にしたのは何らかの謀《はかりごと》である可能性を否定出来ない。念のために、神楽坂で別な刃傷事件があったか調べてみなければならない。

下谷《したや》広小路から池之端仲町に入る。大きな商家が途切れ、小商《こあきな》いの店が並ぶ外れに、間口の広いしもた屋があった。

「ここです」

文七が土間に入って行く。

「ごめんください」

板の間で、数人のむくつけき男たちがおおっぴらに花札をしている。

「誰でえ」

いかつい顔の男が顔を向けた。

「へえ、崎田大善さまにお会いしたいのですが、呼んでいただけないでしょうか」

「いねえな。帰ってくれ」

花札に気が向いているようで、男は追い払うように言った。

「おまえたち、何をしているのだ?」

剣一郎は前に出た。

「なんだと。あっ」

男が絶句した。

「どうしたんだ?」

他の男も顔を上げた。そして、あっと声を上げた。

「青痣……、いえ、青柳さま」

男たちは一斉に居住まいを正した。

「いえ、これはほんの遊びでして。もちろん、賭けたりしていません」

兄貴ぶんらしい男が訴えてから、

「おい、崎田の旦那を呼んで来い」

と、他の者に命じた。

「青柳さま。どうぞ、こちらでお待ちください。おまえたち、あっちに行っていろ」

「崎田大善はいつからここにいるのだ?」

「三ヵ月ぐらい前からです」

小肥りの色白の侍が奥から顔を出した。三十半ばぐらいか。

「崎田大善だが、何用ですか」

強がっていたが、目に怯《おび》えの色が浮かんでいた。

「南町の青柳剣一郎と申す。牟田陣五郎のことできききたい」

剣一郎は切り出した。

「陣五郎？　なぜ、今頃？」

「ここでは話しづらいこともあろう。外に同道願えまいか」

剣一郎は誘った。

「わかりました」

大善は素直に従った。

剣一郎は不忍池《しのばずのいけ》の畔《ほとり》までやって来て、

「崎田どのは牟田陣五郎と親しかったそうだが？」

と、改めてきいた。

「別に親しいというわけでは……」

大善は用心深く答える。

「交友はあったのか」

「交友というほどのこともないですが」

「しかし、香具師の庫吉のところで顔を合わせたはずだが」

「まあ」

「いっしょにつるんで、あちこちでゆすりたかりまがいのことをしていたと聞いたが、ほんとうのことか」

「それは陣五郎だ。俺はゆすりたかりなどしていない。何を証拠にそんなことを言うのですか。迷惑だ」

大善は声を荒《あら》らげた。

「牟田陣五郎が死んだあと、そなたは神楽坂を離れた。どうしてだ？」

「別に。気分の問題です」

「陣五郎はあくどいことをして金を稼いでいたらしい。死んだあと、その金が見当たらなかったそうだ。何か心当たりは？」

「そんなこと、知りません」

大善は狼狽した。

「牟田陣五郎を斬ったのは誰か知っているか」

「知りません」

「誰が斬ったのか気にならなかったのか」

「陣五郎は気が短いから、売られた喧嘩はすぐ買う。おそらく、矢来下の屋敷にいる侍と諍《いさか》いになって斬られたのだろうと」

「相手が火盗改めということは？」

「火盗改め？」

大善は不思議そうな顔をしたが、すぐにむきになって、

「陣五郎はゆすりたかりはしていたが、盗賊の真似《まね》はしていなかった。火盗改めに目をつけられることはしていない」

「陣五郎から火盗改めのことはなにも聞いていないのだな」

「聞いてない」

答えてから、大善は急に不安そうな表情で、

「いったい、何を調べているのですか。いまになって、陣五郎を殺した侍のことが問題になっているのですか」

「牟田陣五郎の敵討ちをしようと、仲間が動きだしたという知らせがあった」

「ばかな」

大善は冷笑を浮かべた。

「あんな男のために敵討ちをしようという者がいるはずはない」

「そんなに嫌われていたのか」

「そうだ。あの男は身勝手で金に汚い。ひとの女にも平気で手を出す」

大善は昂奮してきた。本気で憤慨《ふんがい》しているようだった。『志摩屋』のおせつという女のことかもしれないと思ったが、剣一郎は口にしなかった。

「俺は陣五郎を斬ってくれた侍に感謝をしているんだ」

「陣五郎のために、相手の侍に復讐をしようなどという者はいないと言うのだな」

「断言出来る。いない」

大善の言葉に嘘《うそ》はないようだ。

「ところでそなた、最近、金回りがいいようだが、どうしてだ？　隠しても無駄だ。根津権現裏に一日おきに通っていることは調べてある」

大善は俯いた。

「かりに、そなたが陣五郎の金をくすねたとしても、何の証拠もないことだ。だから、我らがそのことを知っても何もしない。安心しろ」

「その通りです。陣五郎はゆすりたかりなどで二十両近い金を床下に隠していた。陣五郎が殺されたあと……」

「もういい。わかった。だが、そのような汚れた金で遊んでも心から楽しめるとは思えぬ。そのことをよく考えよ」

「………」

「もうよい」

「いいのですか」

「うむ。そうだ、最後にききたい。陣五郎は何のためにそんな金を貯《た》めていたのだ?」

「どこかの藩に仕官するためには江戸家老にそれなりの付け届けが必要だと言ってました。でも、どうせ、騙《だま》されているに違いないと言ったんですが」

「そうか。陣五郎は焦っていたのかもしれぬな」

「浪人は一生浪人のままです」

そう言い残して去って行く大善の背中が寂しそうだった。その寂しさを慰めに、おせつという娼妓に会いに行っているのだろう。

「どうやら、牟田陣五郎の件は鉄砲方同心殺しとは関係なさそうですね」

文七が近づいて来た。

「念のために、神楽坂で他に刃傷事件がなかったか、調べてくれ。殺されたのが浪人とは限らない。浪人を金で雇《やと》った可能性もある」

「わかりました。では、これから末蔵親分のところに行ってみます」

そう言い、文七は湯島切通のほうに向かった。本郷を経て、神楽坂に行くのだ。剣一郎は妻恋町の『清水屋』に足を向けた。

妻恋坂の途中にある稲荷社の前を通った。

ふじ吉が藤棚に惹《ひ》かれた理由が実際の花以外にもあるかもしれないと、多恵の着物の柄を見て思った。着物の柄以外に何があるか、剣一郎には思い浮かばなかった。

『清水屋』の家の玄関を訪れると、伊兵衛が出て来た。

「さきほど、同心の植村さまが、家主さんといっしょに参りました。家主さんが思っていたひととは別人でした」

「そうか。違ったか」

京之進と家主はとうに引き上げたという。

「ふじ吉も家主の顔を見て、何の反応も見せなかったのだな」

「はい。相変わらずの表情でした」

ふじ吉の昔を思いだす兆《きざ》しはまったくないようだ。

ふじ吉は家主が見た男とは違った。これで、友助の行方不明のほうも手掛かりがなくなったことになる。だが、友助の行き方知れずには、十日ほど前まで訪ねて来ていた三十前の男が関わっている可能性は高い。

「では、ふじ吉に会う」

「はい。どうぞ、庭から離れにお進みください」

剣一郎はいったん玄関を出て、庭木戸を通って離れに向かった。

今日まで誰も名乗り出てこないのは明らかに不自然だ。これが旅装なら遠国から来たとわかるが、ふじ吉は着流しだった。旅籠に泊まっていれば、客が帰って来ないことに主人は不審を抱くだろう。

こうなると、名乗って出られない理由があると考えざるを得ない。最初に見たときの鋭い眼光と精悍な顔つきとを思い合わせると、ふじ吉は堅気の人間ではない可能性がある。

剣一郎は庭の草木の間を縫《ぬ》って離れに行った。

いつものように、ふじ吉は濡縁に座って庭を眺めていた。剣一郎に気づくと、居住まいを正した。

「青柳さま。いつも恐れ入ります」

ふじ吉は頭を下げた。

「うむ。どうだ？」

「はい。まったく進展はありませぬ」

「うむ。気長に待つしかない」

「はい。そうそう、朝方、岩本町の家主さんが来ましたが、人違いだったようです」

「そうらしいな。それにしても、誰も何も言って来ないのが不思議だ」

「青柳さま。じつはきのう、妙な男が……」

ふじ吉が訴えるように口を開いた。

「妙な男？」

「はい。亀戸天満宮に行った帰り、柳原通りからつけてきた男がいたのです」

と、ふじ吉は亀戸天満宮に行った話をした。

「つけて来たのはどんな男だ？」

剣一郎は重大な手掛かりかもしれないと思った。

「遊び人ふうの男です。顔はちらっとしか見てませんが、三十前のように思えました。じつは車力の源吉さんに男のあとをつけてもらったんです」

「で。わかったのか」

「いえ、わからなかったそうです。夜になって源吉さんがやって来て話してくれましたが、両国広小路の人ごみに紛《まぎ》れて姿を見失ってしまったそうです」

「人ごみに紛れて見失ったのではなく、相手に気づかれたのかもしれぬな」

「気づかれた？」

「そうだ。常に背後を気にしているような男かもしれぬ」

かえって見失ってよかったかもしれないと思った。相手がどんな人間かわからないのだ。へたに尾行に成功して相手の住処《すみか》までつきとめてしまったら、無事に済んだかどうかわからない。

「青柳さま。私はどうやら堅気の人間ではなさそうです。何かやらかした人間ではないかと、自分が怖くなります」

ふじ吉は辛《つら》そうな表情をした。

「そこまで考える必要はない。そういうことは、すべてを思いだしてからだ」

剣一郎はふじ吉の不安がよくわかる。

「でも、きのうの尾行してきた男と同類の人間に違いありません。そうだとしたら、『清水屋』さんに迷惑がかかるといけません。ここを引き払ったほうがいいような気がするのです。それに、いつまでもこちらで甘えているわけにもいきません」

「しかし、事故からまだ十日足らずだ。せめて、ひと月は養生《ようじょう》がてら甘えさせてもらってもいいと思うが」

「ですが、自分がとんでもない人間だったのではないかと思うと、こちらで厄介になっていることが心苦しくなるんです」

ふじ吉は顔をしかめた。

「ふじ吉。きのうの男がふじ吉の知り合いなら、今度、こっそり会いに来るはずだ」

「はい」

「そのとき、自分のことを聞けばよい。今後のことは、それからだ」

「でも、清水屋さんに迷惑がかからないか、そのことだけが心配です」

「それほど言うなら、清水屋に正直に自分の気持ちを伝えてみたらどうだ。だが、清水屋はそなたの過去がどんなものであろうが、娘を助けてもらった恩誼《おんぎ》に報《むく》いたいという気持ちは変わらないと思う」

「はい。清水屋さんに話してみます」

「もし、清水屋がそれでも構わないと言うなら、世話になるのだ。しいて引き止めなかったら、そのときは出て行けばいい」

「はい」

「さきほどの話の続きだが、そなたの知り合いだという男が近づいて来たとしても、決して相手の言葉を鵜呑《うの》みにしてはならぬ。そなたに害をなす人間かもしれぬ。誘われても、ついて行ってはならぬ。あとで、私に知らせるのだ。よいな」

「はい」

「ところで、亀戸天満宮には藤を見に行ったのか」

「はい。源吉さんに藤の名所だときいて」

「亀戸天満宮が藤の名所だと知らなかったのか」

「はい。知りませんでした。思いだせなかったのかどうか」

「そうか。で、藤を見て何かを感じたか」

「はい。藤を見たとき、心が揺《ゆ》さぶられたような気がしましたが、それは一瞬だけでした。あとは何も感じませんでした」

「藤を見た瞬間は何かを感じたのだな」

「はい」

「やはり、藤はそなたにとって何かがあるのかもしれない。だが、藤の花そのものとは限らぬかもしれない。たとえば着物の柄だったり、家紋《かもん》だったり、浮世絵だったり……」

「浮世絵……」

ふじ吉の表情が動いた。

が、すぐに首を横に振った。

「わかりません」

「気にするな。ところで、そなたは亀戸天満宮が藤の名所だと知らなかったと言った
が、亀戸天満宮は知っていたのか」

「いえ、思いだせませんでした」

剣一郎は確かめるようにきいた。

「吾妻橋《あずまばし》を知っているか」

「あずまばし？　いえ。思い出せません」

ふじ吉は頭を抱えた。

「では、永代橋《えいたいばし》は？」

「わかるような気がします」

「永代寺門前仲町《もんぜんなかちょう》は？」

「わかります」

「わかるのか」

「はい。富ヶ岡八幡宮《とみがおかはちまんぐう》を知っています」

「駒形《こまがた》、並木《なみき》はどうだ？」

剣一郎は畳《たた》みかけてきいた。

「いえ……」

うむと、剣一郎は唸《うな》った。

「どうやら、そなたは江戸の人間ではないようだ」

「えっ、江戸の人間ではない？」

ふじ吉は不安そうな目を向けた。

「そうだ。江戸に来て日が浅いのだ。富ヶ岡八幡宮を知っているということは深川《ふかがわ》に住んでいた可能性が高い。門前仲町かその周辺にそなたの寝起きするところがあったのではないか。永代橋を渡り、ここまでやって来たのだ」

「……………」

「通ったことがある場所は思いだせるが、亀戸天満宮や吾妻橋、駒形、並木は最初から知らないのだ。言葉にあまり訛《なま》りがないのでどこだかはわからないが、何かの用で江戸に来た人間の可能性がある」

「江戸に出て来た……」

ふじ吉は考え込んだ。

「問題は門前仲町にいる仲間がなぜそなたが行き方知れずになったと申し出て来ない

のか。出て来られない事情があるのに違いない」

「それはなんでしょうか」

ふじ吉は小首を傾げた。

「わからぬ」

犯罪に絡んでいるからかもしれない。

そもそも、この男は何のために江戸にやって来たのか。江戸で何をしようとしているのか。

「やはり、昨日の男は私の仲間のようですね」

ふじ吉は暗い表情をした。

「そうだろう。だが、正面切っては会いに来られないようだ。だが、必ず、この近くに隠れ、そなたが出て来るのを待っているだろう」

「はい」

「ともかく、仲間だといって近づいてきても、不用意に従うな。自分の過去を思いだすまでは、見知らぬ他人の言葉に左右されてはならぬ。そのことを心に留めよ」

「わかりました」

「よいな。何かあったら、必ず我らに知らせよ。仮に……」

剣一郎は言いよどんだが、はっきり口にした。

「仮にそなたが悪の仲間であったとしても、必ず我らが救い出す。よいな」

「はい。いろいろありがとうございます」

「清水屋が出て行けというまで、ここにいるのだ」

剣一郎は念を押してふじ吉と別れた。

やはり、ふじ吉は堅気の人間ではないのかもしれない。だが、危険をも顧みず、子どもを助けたことは、ふじ吉が根っからの悪人ではないことを物語っている。もし、悪の道に引きずり込もうとする者がいたとしたら、なんとしてでも救ってやらねばならない。そう思いながら、剣一郎は妻恋坂を下って行った。

四

翌日、朝餉をとったあと、ふじ吉は離れを出て、妻恋坂の途中にある稲荷社の前にやって来た。

藤棚を見つめる。きのう青柳剣一郎から指摘されたことが頭から離れなかった。

「……藤の花そのものとは限らぬかもしれない。たとえば着物の柄だったり、家紋だったり、浮世絵だったり……」

実物の花に限らず、自分には藤に関わる何かがあるのではないか。浮世絵と聞いたとき、微かに何かが脳裏を走り抜けたような気がした。だが、それは一瞬で、あとには影も形もなかった。

この花を見て、自分は何かに思いを馳《は》せたのだ。

思いだせない。いったい、俺は何者なんだと、叫びそうになった。

背後にひとの気配がして、ふじ吉は振り返った。ふたりの男が立っていた。ひとりは三十半ばぐらいの頬のこけた男、もうひとりはそれより若い。茶の格子柄の着物を見て、一昨日《おととい》つけて来た男だと気づいた。

「伊太郎《いたろう》」

頬のこけた男が呼びかけた。右の二の腕に朱色の彫《ほ》り物が見えた。

「伊太郎？」

「あんたは伊太郎だろう？　ずいぶん印象が違うが、やっぱり伊太郎だ」

男が勝手に決めつけた。

「おまえさんは？」

ふじ吉は警戒してきいた。

「俺だよ。三次《さんじ》だ」

「三次……」

「おい、わからねえのか。ほんとにわからねえのか」

三次が不思議そうな顔をした。

「すまねえ。思いだせねえ。俺は伊太郎って名か」

「おい。冗談じゃねえぜ。ほんとうにわからないのか」

三次はうろたえたように言った。

「あにき。頭を打った衝撃で、まったく自分のことを忘れてしまったらしい。承安っていう医者が言うには、何かの刺激を受ければ突然思いだすそうだ」

「承安先生のところに行って来たのか」

ふじ吉はきいた。

「知り合いだとは言ってねえ。車力の知り合いだと言ったら話してくれた」

茶の格子柄の着物の男が言う。

「伊太郎。俺たちと帰ろう。俺たちといっしょなら、思いだせる。さあ、行こう」

三次が急かした。

「いや、すぐには行けない」

「ここじゃ人目につく。境内に入ろう」

三次が稲荷社の境内に誘った。

「伊太郎。いつまでもあんなところにいても仕方ない。時間が迫っているんだ。ここで待っている。早く、支度して来い」

「俺は江戸の人間ではないのか」

「そうだ。ひと月前に来た」

「どこからだ？」

「帰ったらゆっくり話してやる。さあ、帰ろう」

「だめだ。あんたらのことを詳しく教えてくれ」

「青痣与力に何か吹き込まれているんじゃないのか。俺たちのところに帰るのが先決だ」

「いいか。青痣与力に素性が知れたら、おめえはおしめえだ。奉行所の人間は俺たちの敵だ。敵に義理立てする気か」

鳥居をくぐって誰かが境内に入って来た。

「あとでもう一度話し合おう。きょうの夕方七つ（午後四時）、湯島天神の鳥居まで来い。いいか、俺たちのことを誰にも言うんじゃねえ。言ったら、おめえだっておしまいだ」

「わかった」

「じゃあ、七つだ」

そう言い、三次たちは境内を出て行った。

ふじ吉は足が竦んだ。やはり、恐れていた事態になったと思った。堅気の人間ではなかった。三次たちは町方に追われる身だから、名乗り出られなかったのだ。

いったい、俺は何をしたというのか。いや、奴らの話ではこれから何かをしようとしているようだ。

俺は伊太郎という名らしい。思いだせない。しかし、奴らの言うことを信用していいのか。青柳さまは他人の話を鵜呑みにするなと言った。

どうするか。ふじ吉は迷いながら『清水屋』に戻った。

部屋の真ん中で考える。七つに湯島天神に行くつもりだ。自分の過去を知るためには行かねばならないのだ。そこで、何を聞かされるのか。おそらく、衝撃的なことを聞かされるだろう。

聞いたところで、自分には実感がないだろう。真実かどうか、どう判断するのか。

しかし、奴らが嘘をつく理由も考えられない。

ちくしょう、どうしたらいいのだ、とふじ吉は頭を抱えた。青柳さまから勝手に動くなと厳命されている。

青柳さまに三次たちのことを伝えるべきか。

「ふじ吉さん。よろしいですか」

おしんの声だ。

「ああ、構わない」

ふじ吉は応じる。

縁側の障子が開いて、おしんが入って来た。

「お昼を食べたら、お嬢さまが踊りのお稽古に行かれます。ごいっしょしていただけますか」

「わかった。行こう」

「ありがとうございます」

おしんは喜んだが、すぐに笑みを引っ込めた。

「ふじ吉さん、どこか、痛むのですか。なんだか、顔色が悪いようです」

「いや。どこも。俺はなんともない」

「そうですか。それなら、いいんですけど」

「心配かけてすまない」

「いえ。では、お嬢さまのお供、よろしくお願いいたします」

おしんが部屋を出て行った。

ひとりになり、またも三次のことを考えた。もし、俺が日陰者だとしたら、清水屋に迷惑をかけることになる。おいとやおしんにも悲しい思いをさせてしまうだろう。三次の話如何《いかん》では、ここを出て行ったほうがいいかもしれない。いや、青柳さまとの約束があるから、青柳さまに相談してから……。いや、もし、俺が極悪人だったらということを考えた。

もっとも恐れていることがある。青痣与力に素性が知れたら、おめえはおしめえだ、という三次の言葉が重くのしかかっている。何かとんでもないことをしてきた可能性がある。ひと殺しだ。

自分は過去にひとを殺したことがあるのではないか。そして、またこれからも誰かを殺そうとしているのかもしれない。

頭に割れるような痛みが襲いかかり、ふじ吉は考えることを中断した。

午後になって、ふじ吉はおいとの手をとり、おしんとともに清水屋に見送られて出かけた。

坂を下る途中、大八車に出会うと、おしんは身を硬くした。ふじ吉もふと何かが覆いかぶさってくるような気がし、身が竦んだ。そのとき、脳裏を何かが駆け抜けたような気がしたが、一瞬で消えた。

坂を下り、明神下の神田同朋町《どうぼうちょう》にある踊りの師匠《ししょう》の家に着いた。三味線《しゃみせん》の音と唄《うた》声《ごえ》が聞こえる。

おしんとおいとが中に入った。ふじ吉は外で待つことにしていたが、半刻（一時間）ほどかかるので、承安の診療所に向かった。

患者がたくさん待っていたが、承安は先に診《み》てくれた。といっても、瞼《まぶた》の裏を覗き、脈を計っただけだ。体に異常はないのだ。

「まだ、何も思いだせないか」

承安がきいた。

「はい。ただ、さっき大八車とすれ違ったとき、一瞬だけ何かが覆いかぶさってくるような衝撃に見舞われました」

話を聞いて、承安は笑みを浮かべた。

「いい兆しかもしれない。何かの拍子で、蘇《よみがえ》るかもしれぬ。もう、しばらくの辛抱《しんぼう》だ」

「はい。先生、ありがとうございました」

ふじ吉は承安の前を下がった。

外に出た。明るい陽射しを浴びたが、ふじ吉の心は沈んでいた。何もかも思いだしたあとのことが怖かった。

自分はいったい何者なのか。知らないほうがいい。そんな声が聞こえて来る。

踊りの師匠の家の前で待っていると、ようやく格子戸を開けて、おしんとおいとが出て来た。

おいとが駆け寄って来た。

「今度、おいとちゃんの踊りを見てみたいな」

「私も見てもらいたい」

おいとがはしゃぐように言う。

「うまくいけば、今年の神田祭の山車屋台《だし》に立てるかもしれないんですって」

おしんが自分のことのように喜んで言う。

「山車屋台？」

「はい。神田祭には各町から山車が出るんですが、山車といっしょに唄、三味線、囃《はや》子《し》、踊り子たちが練《ね》り歩くんです。そのとき、選ばれたひとが山車屋台の上で芸を演じることが出来るんです」

「それに、おいとちゃんが選ばれるかもしれないのか。そいつはすごいな」

ふじ吉は感心した。

照れているおいとがいとおしく思えた。その瞬間、またも脳裏を何かが掠《かす》めた。心の臓が波打った。

「ふじ吉さん、どうかなさったのですか」

おしんが心配そうにきいた。

「いや。なんでもない。さあ、帰ろうか」

おいとの手をとり、再び坂道を上がった。

『清水屋』に帰り、離れでひとりになってから、ふじ吉はさっき脳裏を掠めたものの正体について考えた。

おいとを見ていて感じたものがあった。おいとに何を感じたのか。またも、頭の芯《しん》が痛くなって、それ以上考えることが出来なくなった。

夕方七つ近くになって、ふじ吉は離れを出た。

湯島天神の鳥居の前に立った。大道易者《だいどうえきしゃ》が出ている。少し離れたところに、いつぞやの物貰いがいた。不憫《ふびん》に思い、また小銭を笊に入れてやる。

そのとき、鳥居の陰から、三次ともうひとりの男が現れた。

「誰もつけている人間はいなさそうだな」

三次が参道に目をやって言う。

「心配ない。誰にも話していない」

「そうか。俺たちといっしょに帰ろう」

「待て。その前に、俺のことを教えてくれ。俺は何者なんだ。江戸の人間じゃない。江戸には何しに来たんだ？」

三次は眉根を寄せてから、

「ちょっと来い」

と、鳥居の外に向かった。

料理屋『とよかわ』の裏手にやって来た。黒板塀の外に大きな楠がある。太い枝が塀に沿って伸びている。以前にも見た樹だ。

そのときも一瞬何かが脳裏を掠めた。やはり、この樹も何か自分にとっては重要なものだったようだ。

「これがどうした？」

ふじ吉はきいた。

「ちっ。まったくだめだ」

若いほうの男が舌打ちした。

「どういうことだ？　教えてくれ」

「伊太郎。帰ったら教えてやる。いっしょに来るんだ」

「行けない。俺にはあんたらのことが何もわからないんだ。あんたらが言うことがほんとうかどうかも判断出来ない」

「自分のことを思いだしたくないのか」

三次が口許を歪めた。

「その前に俺のことを知りたいのだ。教えてくれ」

「伊太郎。いま、おめえの素性を話したら、おめえは青痣与力に一切を話すかもしれない。だから、今は話せない」

「………」

「さあ、俺たちといっしょに来い」

三次が急かした。だが、ふじ吉は足が動かなかった。

「どうした?」

「行けない。俺のことを教えてくれないのなら、もう俺に構うな」

「そうはいかねえ。おめえにはやってもらわねばならないことがあるんだ」

「なに?」

やはり、俺は何かをやるために江戸に出て来たのだ。

「何をやるんだ?」

「そいつを話して、青痣与力に告げ口されたら困るんだ。さあ、来い」

「やばいことか」

「そうだ。さあ、行くんだ」

「いやだ」

「ほう」

三次が無気味《ぶきみ》な笑みを浮かべた。

「『清水屋』に可愛《かわい》い娘がいたな。おいとか言う……」

「なに」

ふじ吉は目を剝《む》き、三次に摑みかかった。

その手を、三次は軽く払いのけた。

「おめえがついてくれば、何もしやしねえよ」

「汚ねえ」

ふじ吉は吐《は》き捨てた。その瞬間、またも激しい痛みに襲われ、ふじ吉は頭を押さえた。いつもよりいっそう激しい痛みだった。

目眩《めまい》のような感覚に襲われ、立っていられなくなった。脳裏にさまざまな光景が稲光に照らされたように浮かんでは消えた。

第三章　蘇《よみがえ》った過去

一

翌日の早朝、剣一郎は柳原の土手にある柳森神社で、火盗改め与力の山脇竜太郎と会った。

「お呼びたてして申し訳ありません」

剣一郎はまず詫びてから、

「鉄砲方同心の糸川松十郎どのが殺された事件のその後はいかがですか」

「いや。進んでいない」

竜太郎は苦しげに顔を歪め、

「青柳どのも牟田陣五郎の周辺を調べたのであろう。あの者の周辺には敵を討とうなどという仲間はいなかったのではないか」

「ええ、仰るとおりです。崎田大善という男の話でも、牟田陣五郎のために命を賭《と》す

た。

「そうだ。鉄砲方同心の組屋敷の周辺で不逞《ふてい》の輩《やから》を見たという人間も見つからなかった。

る人間はいないとのこと」


竜太郎は苦い顔をした。

「その後、盗まれた鉄砲が使われたという形跡はないようですが」

「ない。青柳どののほうで何か摑んだことがあるのか」

「私も糸川松十郎どのの妻女に会って来ました。その際、妙なことを感じました」

「何か」

竜太郎の目が鈍く光った。

「糸川どのの屋敷に踏み込んだ賊は妻女に刃を突き付けて、鉄砲と弾薬を奪いました。そのとき、賊が口にした、これがあれば火盗改めに神楽坂での恨みを晴らせるという言葉ですが、妻女の話では、まるで、自分たちに聞かせるかのようだったということです」

「うむ」

「なぜ賊はそのような言葉を口にしたのでしょうか」

「あたかも火盗改めへの復讐であるかのように見せかけるため、賊が攪乱《かくらん》のために口にしたと言うのか」

　竜太郎は厳しい顔をした。

「そのように思えてなりません。それに、賊は鉄砲と弾薬を奪ったあと、問答無用に糸川松十郎どのを斬ったそうです。最初から糸川どのを殺す目的があったのではないでしょうか」

「では、その目的を隠すために鉄砲と弾薬を奪ったということか」

「いえ、そこまではわかりません。が、糸川どのに恨みを持つ人間を調べてみる必要があるかと思います」

「わかった。調べてみよう」

　竜太郎が素直に応じたので、剣一郎はおやっと思った。

　剣一郎の呼出しにもすぐに応じてくれたのは、探索に行き詰まっているのかもしれない。

「質屋の押込みはまだ？」

「まだだ」

　竜太郎は悔しそうに首を横に振った。

「岩鉄《がんてつ》一味に間違いないのですね」

「そうだ。岩鉄一味だ」

押し込む家に火を放ち、火事のどさくさに紛れて押込みをし、家人を殺して金を奪うという残虐《ざんぎゃく》な盗賊だ。岩鉄聖人《しょうにん》と名乗る坊主上がりの男がかしらで、他の盗賊からも恐れられている。

「ただ。去年の春、横山町の鼻緒《はなお》問屋の押し込みを最後に、岩鉄一味は鳴りを潜《ひそ》めていた。しかし、一年ばかり過ぎた今、動いたのだ」

竜太郎が顔をしかめたのは岩鉄一味ならこれから押込みを続けて行くかもしれないという恐れからだ。

岩鉄一味が関わる押込みはすべて火盗改めが中心になって探索を続けている。去年の春、横山町の鼻緒問屋が襲われたときも付け火をし、押し入った。やはり、主人と奉公人ふたりが殺され、一千両を盗まれた。

この事件は最初に南町が駆けつけたが、手口から岩鉄一味とみなされ、火盗改めの預かりとなった。

「なぜ、岩鉄一味だと？」

「質屋の裏手で火が上がり、たまたま厠《かわや》に起きた奉公人が騒いで火を消した。その直後に押込みがあった。小火《ぼや》と押込みが偶然に重なったのかと思っていたが、最近になって、大きな坊主を見たという目撃者が見つかったのだ」

「誰ですか」

「近所の子どもだ。墨染衣《すみぞめごろも》の坊主がいる一味を見かけた。たまたま、密偵がその子どもから話を聞いた。子どもには聞込みをかけていなかった」

「岩鉄一味がまた押込みをする可能性があります。奉行所も手を貸しましょうか」

「いや。困る」

竜太郎はあわてた。

「困るとは？」

「我らの手で解決しないと、また第二の火盗改めが生まれる可能性があるのだ」

「どうしてでしょうか。まだ、そんな切羽《せっぱ》詰まった状況とは思われませんが」

「いや。横瀬どのがしきりに若年寄に訴えているそうだ。我らに任してもらえれば、岩鉄一味を速《すみ》やかにとらえてみせると」

「そうですか」

火盗改めをめぐる争いがまたも勃発《ぼっぱつ》しているのだ。

「わかりました。でも、何か手助けを要することがあれば仰ってください」

「わかった」

この日も、竜太郎のほうから先に神社をあとにした。

あとから柳森神社を出て、剣一郎は昌平橋を渡った。糸川松十郎殺しの件と並んで気がかりなのはふじ吉のことだった。

自分自身が恐れているように、ふじ吉の過去にはまっとうではないものがあるようだ。

妻恋坂を上がって、『清水屋』にやって来た。

店の前に、伊兵衛と女中のおしんがいた。ふたりとも落ち着きをなくしているようだ。

「どうしたのだ？」

深編笠をとり、剣一郎は声をかけた。

「あっ、青柳さま」

伊兵衛が血相を変えて、

「ふじ吉さんがきのうから帰って来ないのです」

「なに、ふじ吉が？」

「はい。きのうの夕方お出かけになったまま……」

おしんが心配そうに言う。

「どこに出かけたのかわかるか」

「いえ。何も仰いませんでした」

おしんが泣きそうな顔をした。

「さっき奉公人が近所をききまわったら、湯島天神のほうに行くのを見たという者がいました」

伊兵衛も暗い顔で言う。

「いったい、どうしたと言うのでしょうか。まさか、またどこかで事故にでも」

「あの……」

おしんがおずおずと口を開いた。

「ふじ吉さん、自分のことを思いだしたんじゃないでしょうか」

「そんな気配があったのか」

「はっきりではないのですが……。踊りの師匠の家を出てきたお嬢さまと踊りの話をしていたとき、いきなり、目をいっぱい開けて驚いたような顔をしていたんです。ふじ吉さんはなんでもないと仰ってましたが……」

子どもを見て反応を見せたのは、ひょっとしてふじ吉には同じぐらいの娘がいるのかもしれない。だから、身の危険をも顧みず、おいとを助けようと転がってくる樽の前に飛び出して行ったのではないか。

「そうかもしれぬ。ふじ吉は自分のことを思いだした。だから、ここにいたのでは皆に迷惑がかかると思い、出て行ったのだろう」

「そんな」

おしんが涙ぐんだ。

「青柳さま。ふじ吉さんがどんな人間であろうと、おいとの命の恩人に変わりはありません。ふじ吉さんが悪い仲間といっしょなら、どうか助け出してやってください。お願いです」

伊兵衛が訴えた。

「わかった。ふじ吉は必ず連れ戻す。安心して待っているのだ」

剣一郎はふたりに約束をし、ふじ吉が歩いて行ったという湯島天神に向かった。

湯島天神の鳥居の横に大道易者が出ていた。剣一郎は易者に声をかけた。

「きのうの夕方七つごろはここにいたか」

「はい。出ておりました」

「三十ぐらいの細面の男を見かけなかったか」

「おそらく、あの男のことだと思いますが、彼ならふたり連れの男と鳥居の前で落ち合い、料理屋のほうに向かいました」

「ふたり連れの男か。わかった。邪魔をした」

剣一郎は易者に礼を言い、料理屋のほうに向かった。

ふたり連れとは、ふじ吉のあとをつけた男とその仲間かもしれない。ついに、ふじ吉を知る人間が接触を図《はか》ったのだ。

ふと、ついて来る者がいたので、剣一郎は立ちどまった。ぼさぼさの髪に髭を生やし、すり切れた着物に藁の帯を締めた男が用ありげに近づいてきた。大道易者の近くの道端に座っていた物貰いだ。

「その男、『とよかわ』という料理屋の裏手にある楠のそばに立ってましたぜ。ふたりの男といっしょに」

歯のない口が開く。

「つけたのか」

「へい。二度、お金を恵んでもらいました。そのひと、ふたりの男に威されているように見えました。だから、気になってあとを……」

「で、三人はどうした？」

「切通のほうに三人で向かいました」

「ふたりの男に特徴はないか」

「へえ。三十半ばと思える男の右の二の腕に彫り物らしきものがありました。腕まくりをしたときちらっと朱色の何かが見えました。あれは大蛇《だいじゃ》の舌だったようです」

「そうか。よく教えてくれた」

剣一郎は銭を恵んだ。

「ありがとうございます」

頭を下げ、物貰いは引き返して行った。

剣一郎は『とよかわ』に向かった。黒板塀に囲われた大きな料理屋だ。門の前を素通りし、裏にまわる。

大きな楠が枝を伸ばしている。三人はここで話し合いをしていたらしい。おそらく、ふじ吉は自分のことを聞かされたのに違いない。

それはふじ吉にとって衝撃的な内容だったのかもしれない。あるいは、そのことがきっかけで、ふじ吉はすべてを思いだしたのではないか。

いや、その程度のことで思いだすだろうか。ふじ吉にとって、もっと衝撃的なことを言われたのではないか。

いずれにしろ、ふじ吉はふたりの男についていったのだ。あれほど注意をしたのに、と無念だ。だが、約束を違《たが》えてついて行ったのは、自分を思いだしたからに違いない。

それにしても、なぜ、三人はこの場で話していたのか。この『とよかわ』に何かあるのだろう。

この裏手の先は切通の坂だ。ここから不忍池が見え、寛永寺《かんえいじ》の五重塔も望める。まさか、三人がここからのんびり風景を眺めたわけではあるまい。

ふじ吉がどこに連れて行かれたのか。手掛かりはある。ふじ吉は富ヶ岡八幡宮を知っていたのだ。

その付近に、隠れ家があるのに違いない。

夕方、奉行所に顔を出した剣一郎は宇野清左衛門に会った。

「ごくろう。何かわかったか」

鉄砲方同心の件だ。

「どうも、妙なのです」

剣一郎は切り出した。

「と、申すと?」

「鉄砲と弾薬を奪ったあと賊のひとりがいきなり、糸川松十郎どのを斬ったのです。賊に糸川どのを殺す目的があったのではないかと思えるのです」

「糸川松十郎が抵抗したわけではないのか」

「抵抗していません」

「すると、鉄砲を盗んだのは捜索を攪乱するためと?」

清左衛門は困惑した顔できく。

「その可能性も捨てきれません。また、火盗改めへの恨み云々《うんぬん》も、わざと妻女に聞かせたように思えるのです」

「そうだとすると、幕閣、あるいはお奉行の暗殺という線はなくなるというわけか」

「はい」

「不逞な浪人者の探索でも、事件と関わりありそうな者は見つからないという臨時廻り、隠密廻りからの報告を受けている。やはり、賊の狙いは鉄砲と弾薬ではなかったのかもしれぬな」

「ただ……」

「何かひっかかっているのか」

「はい。捜索を攪乱するためとはいえ、なぜ、火盗改めの名を出したのか。そして、なぜ鉄砲と弾薬を盗んだのか……」

剣一郎は賊の目的をまだ摑み得ていなかった。

「宇野さま。念のために、もうしばらくお奉行の警護は続けられたほうがよろしいかと思います」

「うむ。賊の狙いが別にあると言っても、長谷川どのは素直に聞き入れまい。お奉行の警護は続けるはずだ」

清左衛門は苦い顔をして言ってから、

「それにしても、歯がゆいのう。青柳どのが調べれば事件は早く解決しようものを。火盗改めに任せておいては埒《らち》が明かぬ」

「そのようなことはありません」

「いや。数年前から暗躍《あんやく》している盗賊の岩鉄一味もいまだ野放しだ。ひと月前に起きた本郷の質屋の押込みも火盗改めは手を焼いている」

清左衛門は憤慨した。

「それだけ、岩鉄一味は手強《てごわ》い相手なのでしょう」

「いや。老中からも最近の火盗改めに不信の声が出ているらしい。きょうも、お奉行は老中からそのようなことを言われたらしい」

「そのような声が出ているのですか」

山脇竜太郎の顔が脳裏を掠めた。

「そうだ。若年寄どのも、もう一度横瀬藤之進どのを火盗改めの当分加役に、さらにはもうひとり増役に任命する必要があるかもしれないと話していたらしい」

増役とは臨時の第三の火盗改めだ。

「しかし、いくら火盗改めを増やしたとしても、そううまくいくか。青柳どのが乗り出したほうが解決は早いのだ」

「宇野さま。それは身びいき、買いかぶりでございます」

「いや。そんなことはない。わしはこれでも冷静にかつ公平に見て、ものを申しておる。お奉行も老中を通して若年寄どのにこう言ったそうだ。いつでも南町がお力をお貸しいたすと。南町には青痣与力がおるゆえと」

剣一郎は溜め息をつくしかなかった。火盗改めがそのような申し出を受けるはずはない。かえって依怙地《いこじ》になるだろう。

だが、火盗改めの本役を狙っている横瀬藤之進にとっては絶好の機会到来とみているのではないか。

それにしても、第三の火盗改めを作る動きもあるのは意外だった。三つも火盗改めが必要なほど切羽詰まってはいないと思うのだが……。

もしかしたら、火盗改めの役に就《つ》くことを強く望んでいる御先手組頭がいるのかもしれない。

火盗改めのお役に就くと、役高千五百石が与えられるだけでなく、御先手組の中でも上席になり、さらに、目立った活躍をすればさらなる出世が望めるのだ。横瀬藤之進もその野心から本役の火盗改めを狙っているのだと思われる。

つまり、火盗改めのお役を出世の足掛かりにしようとしているのであり、罪を憎み、人びとの暮らしを守ることをまず第一に考える奉行所の人間とは根本的に違うのだ。

火盗改めとして成果を上げれば出世が望める。だから、少しでも怪しいところがあればどしどし捕まえる。火付け盗賊という凶悪な人間を相手にしているというより、成果を上げることが目的となっているのだ。

「万が一、手を貸すことになったら、そのときはご苦労だが、お願いする」

「はい。畏まりました」

そんなことはないと思いながら、剣一郎は答えた。

「それから、例のふじ吉のことですが」

剣一郎は改めて切り出した。

「昔の仲間がふじ吉を連れ去ったようです」

剣一郎は経緯を話した。

「仲間から何かをきくうちに自分のことを思いだしたのではないでしょうか。このままでは清水屋にも迷惑がかかるので仲間について行ったのだと思います」

「何か後ろ暗いことがあるようだな」

「おそらく。ふじ吉は江戸の人間ではないようです。何らかの目的で江戸に来たのかもしれません」

「つまり、江戸で何かをしようとしているのか」

「その可能性は高いと思われます。だから、仲間は名乗り出て来られなかったのです」

「うむ。いったい、何を企《たくら》んでいるのか」

清左衛門は怒り顔になった。

「ふじ吉は富ヶ岡八幡宮付近に住んでいると思われます。そこから、湯島天神までやって来ていました。下見だったのではないかと」

「下見？」

「では、湯島天神界隈で何かことを起こそうとしているのか」

「しかとはわかりませんが」

「しかし、あの付近のどこで……」

「ちょっと気になるのが、ふじ吉が『とよかわ』という料理屋の裏手にいたということです」

「『とよかわ』の裏手？」

「そうです。物貰いが二度、見ているのです」

「『とよかわ』か」

「上がったことはございますか」

「ああ、裏手は不忍池の方面だ。寛永寺の五重塔も見えて、見晴らしのよい場所だ。そこで何か起こるというのか」

「いえ。まったく、わかりません。ただ、気になります。作田新兵衛《さくたしんべえ》に見張らせたいのですが」

隠密廻りは隠密に市中を巡回し、秘密裏《ひみつり》に探索を行なう。あるときは乞食《こじき》、托鉢《たくはつ》僧、六部《ろくぶ》（巡礼）、またあるときは中間に化けて大名・旗本屋敷にも潜入など、新兵衛はあらゆる職業の人間に変装し、事件を探索する隠密廻りの中でももっとも頼もしい存在であった。これまでにも、新兵衛には何度か探索を頼んでいる。

「いいだろう。今夜、青柳どのの屋敷に伺《うかが》わせよう」

「お願いいたします」

清左衛門の元を下がり、与力部屋に戻ってから、同心詰所に使いを走らせた。京之進が帰ったら来るようにと。

四半刻（三十分）後に、京之進がやって来た。

「青柳さま。お呼びでございましょうか」

「うむ。これへ」

京之進が近づいて来た。

「ふじ吉がいなくなった」

「えっ」

京之進は目を見開いた。

「仲間に連れ去られた、いや過去を思いだし、自ら去って行ったのかもしれない」

「そうでしたか」

「ふじ吉の仲間の動きが気になる。奴らは何かをするつもりだ。いったい、何をするつもりなのか」

剣一郎は『とよかわ』という料理屋の件と、富ヶ岡八幡宮のことを話し、

「このいずれかにふじ吉は現れる。『とよかわ』を作田新兵衛に、富ヶ岡八幡宮周辺を文七に探らせる。敵にこちらの姿を見せて警戒させたくない」

「わかりました」

「その後、友助の行方はわからぬのか」

「はい。友助は博打《ばくち》好きだったそうです。かなり、負けが込んでいたので、その辺りに失踪《しっそう》のわけがあるのかもしれません」

「気になるのは、友助に近づいてきた男だ。友助が花火師だったことも気になる。引き続き、調べてくれ」

「はっ」

ふじ吉が姿を晦ましたことからも、何かが企まれている可能性がある。鉄砲方同心糸川松十郎の件と友助の失踪とは無関係なのだろうか。別物だと思うが、同時期に起きたことが気になるのだ。

二

その夜、夕餉をとってから居間に戻った。

離れのほうから、るいと志乃の笑い声が聞こえる。あのふたりはほんとうによく笑うものだと感心する。

多恵が入って来て、一枚の絵を差し出した。

「これをごらんください」

「これは？」

剣一郎は訝しく受け取った。

絵を見て、剣一郎はあっと目を見張った。

黒の菅笠《すげがさ》をかぶり、藤の柄の着物を着た若い女が藤の小枝を肩に担いでいる。背景も、咲き誇る藤の花だ。

「大津絵《おおつえ》か」

「はい。仕入れのために京に行った小間物屋の主人が、土産に買ってきてくれたのです。藤のことを気にしていたので、何かの参考になればと思いまして」

大津絵は東海道《とうかいどう》大津宿で土産用に売られている絵だ。いろいろな絵があるが、『藤《ふじ》娘《むすめ》』も代表的なものだ。

「この大津絵を題にとって、歌舞伎《かぶき》でも上演され、舞踊にもなっているのですよ」

「踊り……」

「ええ。藤の精が踊るのです」

　ふじ吉が藤に関心を持っているのは、この絵を見ていたからだろうか。

　女中のおしんの言葉が蘇る。踊りの師匠の家を出てきたおいと踊りの話をしているうちに、いきなりふじ吉は目をいっぱい開けて驚いたような顔をしていたという。

　ひょっとして、ふじ吉には踊りを習っている娘がいるのではないか。だが、そうだとしても、今のふじ吉を探す手掛かりにはならない。江戸の人間ではないふじ吉の娘は遠い他国にいるのだ。

「ふじ吉には娘がいて、温習会《おんしゅうかい》か何かで藤娘を踊ったのかもしれない」

　剣一郎は呟くように言った。

　そうだとすると、ふじ吉は根っからの悪ではない。娘思いの父親なのかもしれない。

　そんなふじ吉が娘を残して何の目的で江戸に出て来たのか。仲間と共にいったい、何をするつもりなのか。

またも、そのことに思いは向かう。

それから、しばらくして、作田新兵衛がやって来た。

「新兵衛、ごくろう」

「いえ」

新兵衛はきょうは町人の格好をしていた。

「宇野さまから聞いたと思うが、姿を晦ましたふじ吉と仲間が湯島天神門前町にある『とよかわ』という料理屋の様子を窺っていた。考えすぎかもしれぬが、『とよかわ』を舞台に何かを企んでいるような気がしてならないのだ。必ず、ふじ吉が現れる」

「わかりました。じつは、宇野さまからお話を伺い、こちらに来る前に『とよかわ』の周囲を歩いてまいりました。幸いなことに、物貰いがおりました」

「そうだ。その物貰いがふじ吉を見ていたのだ」

「はい。明日から、その物貰いになって、『とよかわ』を見張ろうと思います」

「なるほど」

剣一郎はなんにでも化ける新兵衛に感嘆した。

「ふじ吉は三十前後。事故の前の印象は、色は浅黒く、目付きも鋭く精悍な顔つきだった。事故のあと、自分の過去をうしなってから顔から鋭さがなくなっていた。だが、今はすべてを思いだした可能性もある」

「わかりました」

新兵衛はふじ吉の特徴を頭に叩き込んだように頷いた。

「では、明日から見張ります」

そう言って、新兵衛は引き上げた。

ふと、庭先にひとの気配がした。剣一郎は濡縁に出た。

庭先に文七が立っていた。

「ふじ吉が姿を消した」

剣一郎はその経緯を話してから、

「富ヶ岡八幡宮周辺に隠れ家がある。探ってくれ。気取られぬようにな」

「畏まりました」

ふじ吉の人相を説明したあと、剣一郎は言う。

「少し待て。多恵が用があるそうだ」

多恵はすぐにやって来た。

「これ、着てください」

着物に襦袢《じゅばん》だ。文七はいつも同じものを着ていると、多恵が気にしていたのだ。

「これをあっしに」

文七は押しいただくように受け取った。

「すみません」

「文七、遠慮することはない」

「もったいないことで。ありがとうございます」

文七は恐縮しながら引き上げて行った。

これから誰もいない長屋に帰る文七がふと哀《あわ》れになった。

「文七には好きな女子《おなご》はいないのだろうか」

剣一郎は呟いた。

「さあ、どうでしょうか」

多恵もあまり気にしていないようだった。

剣之助が知っているかもしれない。ふたりで呑むこともあったようだから、女の話も出たかもしれない。

ふとんに入ったとき、剣一郎は遠くに半鐘《はんしょう》の音を聞いた。火事は遠そうだが、気になった。

小火《ぼや》で済んだのか、やがて半鐘は鳴りやんだ。

それからうとうとしかかったとき、植村京之進が手札を与えている岡っ引きの与《よ》吉《きち》が屋敷に駆け込んで来た。

庭先に立った与吉が息を弾ませて言った。

「本町《ほんちょう》一丁目の茶問屋『宇治屋《うじや》』に押込みが入りました。植村の旦那が青柳さまにお知らせしろと」

「よし。すぐ行く」

剣一郎は着流しで出かけた。

本町一丁目に近づくと、町火消の姿が見え、辺りはまだ騒然としていた。ひとをかき分けて奥に入る。数軒、燃えており、焼跡で提灯《ちょうちん》を持った男たちが片づけをしている。

その焼跡の並びに『宇治屋』があった。『宇治屋』も母屋の一部が焼失していた。

店の外に京之進がいた。

「どうした?」

剣一郎は声をかけた。

「あとから駆けつけたのに、火盗改めが預かると言って追い出されました」

京之進はいまいましげに言う。

「岩鉄一味の仕業か」

「火盗改めもそう見ています。『宇治屋』の数軒隣の家に火を放ち、そのどさくさに紛れて押し入ったようです。手口から岩鉄一味に間違いはないと思われます」

「被害は？」

「主人と番頭のふたりが殺され、千両箱がひとつ奪われたようです」

「凶器は匕首《あいくち》か」

「そうです」

「よし、わかった。入ろう」

剣一郎は店に入ろうとした。

「青柳さま。だいじょうぶですか。火盗改めはだいぶ気が立っているようです」

「ほんとうは、こっちの助けを待っているのだ。さあ、来い」

剣一郎はさっさと土間に入った。京之進も戸惑い顔でついてきた。

土間に、火盗改めの同心がいた。

「ここは遠慮願いましょう」

若い同心が口許を歪めて立ちふさがった。

「山脇どのはおられるか」

「いま、手が離せません。あとにしてください」

「いま呼ぶのだ。呼びに行かないと、あとで山脇どのに叱《しか》られる。よいのか」

剣一郎が強く出ると、若い同心はあわてて奥に向かった。

すぐに、大きな足音が聞こえ、山脇竜太郎が現れた。

「青柳どのか」

竜太郎の縋《すが》るような目に気づいた。

「現場を見せてもらってよろしいか」

「いいだろう」

京之進を一瞥《いちべつ》してから、竜太郎は答える。

剣一郎は京之進とともに奥に向かった。

「妻女の話だと、寝間に入ったとき、火事だという声に驚いて飛び起きると、しばらくして黒装束に頬かぶりをした男たちが駆け込んできた。匕首を突き付け、早くしないと、火の手がこっちにまでくると威して、土蔵の鍵を出させたということだ」

「鍵を出させたあとで、殺しているのか」

「そうだ。主人をその場で殺し、番頭に土蔵まで案内させ、扉を開けさせた。そのあと、今度は番頭を殺した」

「なんという酷《むご》さだ」

剣一郎は改めて怒りを覚えた。

「侵入場所は？」

「近所に火を放ち、そして『宇治屋』の塀にも火をつけ、燃えて崩れたところから侵入している。岩鉄一味の手口らしい荒っぽさだ」

剣一郎は庭に出て、土蔵まで行った。すでに番頭の死体は片づけられている。さらに、土蔵の裏手の塀は燃えて崩れていた。

「ここから侵入したのか」

崩れた塀の外には焼跡が見える。近くの家に火を放ち、大騒ぎになっている隙《すき》に、『宇治屋』を襲ったのだ。狙う家以外をも犠牲にする残虐さだ。

「一味を目撃した人間はいたのですか」

「今、聞込みをしている。だが、火事の混乱の中だ。荷物を持って逃げる者も多く、その中にまぎれこんでしまったようだ」

「それが岩鉄一味のいつもの手ですね」

「そうだ」

「妻女は話が出来るのですか」

「気丈な妻女だ」

そう言い、竜太郎は部屋に戻った。

『宇治屋』の主人と番頭の遺体は大広間に安置されていた。線香の煙が立ち込める前で、剣一郎は妻女から話を聞いた。

「賊は何人かわかるか」

「部屋に入って来たのは三人です」

沈んだ声で、妻女は答えた。

「特徴を覚えているか」

「図体《ずうたい》の大きな男がかしらのようで、あとは細身の無気味な感じの男でした。そういえば、その男の右の二の腕に彫り物が見えました」

「彫り物？　どんな彫り物だ？」

「ちらっと、朱色が見えただけですから」

「朱色か」

まさかと思った。ふじ吉の仲間にも二の腕に彫り物をしている男がいたのだ。物貫いが見ていた。

果して、同じ人間だろうか。同じだとすると、ふじ吉も岩鉄一味……。偶然か。たまたま同じように入れ墨《ずみ》をしていただけなのか。

「ほかのふたりは細身だということだが、そのほかに何か特徴は？」

「他は覚えていません」

剣一郎が気になったのは、ふじ吉が加わっていたかどうかだ。妻女にきいてもわかることではない。

「図体の大きな男は岩鉄ですな」

剣一郎は竜太郎に確かめた。

「そうだ」

「あと、いろいろきいてくれ」

京之進に言い、剣一郎は竜太郎を誘って再び庭に出た。

人気《ひとけ》のない場所にやって来て、

「山脇どの。第二、第三の火盗改めが取り沙汰《とざた》されているようですね」

と、剣一郎は切り出した。

「鉄砲方同心のほうも進展がなく、この上、岩鉄一味に暴れられたら、本役も危《あや》うくなる。おかしらも追い詰められている」

竜太郎は正直に弱音を吐いた。

「奉行所の力を借りたのでは面目が立たないというわけですね」

「そうだ。横瀬藤之進どのがしきりにあちこちで吹聴しているようだ。我らに任せてもらえれば、速やかに岩鉄一味を一網打尽《いちもうだじん》にしてやると」

「横瀬さまは何か成算があって言っているのでしょうか」

「いや、はったりだ。前回もそうだったが、当分加役では満足出来ず、なんとしても、本役になりたいと思っているのだからな」

「第三の火盗改めも考えられていると聞きましたが？」

「御先手組頭の戸上主善《とがみしゅぜん》どのだ。最近、戸上どのは火盗改めに色気を見せているらしい」

「戸上主善さま……」

御先手組は二十組ある。つまり、火盗改めは二十人の組頭から選ばれるのだ。火盗改めになりたいと思うのは勝手だが、江戸の町と人びとの安全を守るという使命感に燃えてなるならまだしも、出世の足掛かりとしてお役に就きたいというのは邪道だ。

だが、それが現実であろう。

ふと、思いついて、剣一郎はきいた。

「戸上主善さまの役宅はどちらに？」

「本所と聞いている」

「本所ですか。で、組屋敷は？」

「確か、矢来下だ」

「矢来下……。神楽坂の先ですね」

いつぞや見かけた武士を思いだした。長身で尖った顎をした侍だ。

「河本平吉という御先手組の与力をご存じですか」

「知っている。戸上主善どのの配下の与力だ。それがどうかしたのか」

「いえ。ただ、先日、神楽坂から矢来下に向かったときにすれ違ったものですから」

「そうか」

「ところで、糸川松十郎どのに恨みを持つ人間は見つかりましたか」

「いや。糸川は仲間内の評判もよく、ひとに恨まれるような人間ではなかった。糸川を悪く言う人間はいなかった」

「そうですか」

「あの者を斬ることが目的だったというのは、青柳どのの間違いではないか」

「…………」

剣一郎は考え込んだ。鉄砲と弾薬を奪ったあと、いきなり、糸川松十郎を斬っているのだ。抵抗したからとか、顔を見られたからとかいう理由ではない。

糸川松十郎への恨みではないとしたら……。

妻女の顔が蘇る。美しい顔立ちだった。まさかとは思うが、念のために確かめてみようと思った。

「青柳どの、何か思いつくことはないか」

竜太郎は喘ぐようにきいた。追い詰められている。そんな気がした。

「いや」

ふじ吉のことを話し、勝手に動き回られても困る。また、ふじ吉が岩鉄一味と関係あるかどうかもまだわからない。

「そうか」

疑わしい目を向けたが、竜太郎はそれ以上はきかなかった。

「岩鉄一味はさらなる押込みをするとお考えですか」

「おそらくな。再び、暴れ出すだろう」

「岩鉄一味は横山町の鼻緒問屋に押し入ってから一年ばかり鳴りを潜めていました

ね。それが先月の本郷の質屋、そして今回と立て続けに押込みを働いた。なぜ、一年間、鳴りを潜めていたとお考えですか」

「わからん。江戸にいなかったのかもしれぬ」

「地方で、岩鉄一味が押し込んだという形跡は？」

「聞いていない」

竜太郎は答えてから、

「何か、そのことに意味があると考えているのか」

「いえ、わかりません。ただ、一年間も鳴りを潜めていたわけが気になります。それまでに稼いだ金がなくなるまで休養したのか、それともかしらの岩鉄が病気か怪我で動けなかったのか……」

「そんなに理由にこだわる必要はあるまい。またぞろ、岩鉄一味が動きだした。そのことが問題だ」

竜太郎はいらだったように言う。

「我ら奉行所に協力を求めようという気持ちはないのですか」

「おかしらをはじめ、上役にはそんな考えが微塵《みじん》もない。奉行所の力を借りて、事件を解決しても我らに何の益もない」

「江戸の人びとの安全より、火盗改めの体面を保つことのほうが重要だというのですね」

「………」

「我ら奉行所は第一に江戸の人びとの安全を考えねばなりません。これ以上、岩鉄が押込みを続けるようであれば、奉行所としても動かざるを得ません」

「青柳どの」

竜太郎は気弱そうな目をした。

「じつは、わしは青柳どのの助けを借りたいのだ。だが、そのようなことは口に出せない。頼む。また、助けてもらいたい」

「私は火盗改めの名誉《めいよ》のために働いているわけではありません。また、どちらに加担するつもりもありません。しかし、事件解決のために、私が知り得たことは山脇どのにお話しいたします」

「かたじけない」

「では、失礼いたします」

剣一郎は京之進を伴い、『宇治屋』をあとにした。

真っ暗な濠《ほり》に出てから、剣一郎は口を開いた。

「どうやら火盗改めは行き詰まっているようだ。このままでは、岩鉄一味を捕らえることは覚束《おぼつか》ない」

「なれど、我らが調べることを快《こころよ》く思っていません」

「うむ。そこで、そなたに別のほうから岩鉄一味に迫ってもらいたい」

「別のほうからと仰いますと？」

「岩鉄一味は去年の春に横山町の鼻緒問屋を襲って以来、鳴りを潜めていた。それが先月本郷の質屋に押し入った。一年振りの押込みだ」

「やはり、先月の押込みは岩鉄一味なのですね」

「そうらしい。一年振りだったせいか、火盗改めも岩鉄一味の仕業だとはすぐに判断がつかなかったようだ。あとで、目撃者が現れ、岩鉄一味だとわかったようだ」

「そうですか」

「まだ、漠然としか答えられないが、なぜ、岩鉄一味が一年間、押込みを中断していたのか、先月の押込みがどうしてすぐ岩鉄一味の仕業だとわからなかったのか、このことを調べてもらいたい」

「そのことに何か」

「わからぬ。ただ、気になるのだ。いま火盗改めは『宇治屋』の押込みで動揺しており、横山町の鼻緒問屋や本郷の質屋のほうに目は向いていない。邪魔される恐れはないだろう」

「わかりました。では、さっそく」

「あっ、待て」

行きかけた京之進を呼び止め、

「『宇治屋』の妻女の話でちょっと気になったことがある。賊のひとりの二の腕に彫り物が見えたという。ふじ吉の仲間の兄貴分の男の二の腕にも彫り物があったのを物貰いが見ていた」

「まさか、同じ男では……」

「はっきりと言い切れぬが、その可能性がある。そのことを含んでおいてくれ」

「畏まりました」

京之進は剣一郎の前を去って行った。

もし、ふじ吉が岩鉄一味の仲間だとしたら、昔のことを思いだしたふじ吉は今宵《こよい》さっそく『宇治屋』に押し込んだのかもしれず、さらに次の狙いが湯島天神の近くにある料理屋『とよかわ』だという可能性がある。

だが、剣一郎はふじ吉のことを助けたいという気持ちを捨ててはいなかった。

三

翌日、剣一郎は明神下から妻恋坂を通って湯島天神にやって来た。参道の人出は多く、境内は賑やかだ。

剣一郎は鳥居の手前を湯島切通のほうに曲がり、『とよかわ』の前に出た。昼の営業時間にはまだ早く、門は閉まっている。

裏手にまわる。黒板塀が続いている。

裏手に出ると、不忍池が望めた。楠の前に立った。ふじ吉と仲間がこの木のそばで密談をしていたのだ。

そのとき、ぼさぼさの頭髪にぼろをまとった物貰いが近寄って来た。すれ違いざま、

「それらしき男はまだです」

と、口にした。

隠密廻り同心の作田新兵衛だった。見事に変装している。

新兵衛の物貰いが姿を消した。剣一郎は楠を見つめた。枝が伸びているが、『とよ

かわ』の塀まで距離がある。枝から塀に飛び移ることは不可能だ。

もっとも岩鉄一味の手口は付け火だ。火事騒ぎの混乱に乗じて屋敷内に忍び込む。この付近の塀を燃やして侵入するつもりなのか。

剣一郎はぐるりをまわり、再び『とよかわ』の正面に出た。湯島天神の塀際に、物貰いが座っていた。新兵衛だ。

門の中に人影が見えた。女中が玄関前を掃除している。

剣一郎は門を入った。植込みも手入れが行き届いている。女中が不審げな目を向けた。

剣一郎は笠をとって近づいた。あっと、女中が声を上げたのは、左頬の青痣に気づいたからであろう。

「すまぬが、女将《おかみ》を呼んでもらいたい」

剣一郎は声をかけた。

「はい。ただいま」

女中は玄関に引っ込んだ。

待つほどのことなく、大柄な女がやって来た。

「これは青柳さまでいらっしゃいますか。女将のたつにございます」

如才《じょさい》なく、女は名乗った。

「たいしたことではない。念のために、付近に注意を呼びかけているのだが、最近、付け火をしてから押し入るという盗賊が横行している。そのことに注意をしてもらおうと思ってな」

「恐ろしいことでございます。わかりました。奉公人にも用心を徹底させます」

「近くで、妙な連中を見かけたことはないか」

「いえ」

「そうか。ところで、ここの裏手に立派な楠があるな」

剣一郎はついでなのできいた。

「はい、ございます」

「仮に、あの樹の近くの塀が壊れたら、庭に入ることが出来るのか」

「はい。裏の塀にそって庭を散策出来るようになっています。まさか、そこから賊が押し込むかもしれないのでしょうか」

「そうではないが、用心に越したことはないから、気をつけるように」

「はい。それはそうと、じつは困っているんです。あの樹に」

「困っている？　なぜだ？」

剣一郎は不審を持った。

「ときたま、近所の悪がき、いえ悪戯《いたずら》っ子が枝によじ登って遊んでいることがあるのです。その騒ぎ声が二階の座敷まで届くので、そのたびにうちの若い衆が追い払いに行く始末でして」

「そうか」

「子どもならともかく、先日は酔っぱらったおとなが枝によじ登っていました」

「なに、おとなが？」

「はい。あそこに上ったからといって塀越しに座敷が見通せるわけではありませんが、二階の廊下は見えますので、なんとかしてもらいたいのですが……」

「どんな男がよじ登っていたかわかるか」

「いえ、夜だったので、顔まではわからなかったそうです。奉公人の話では樹のそばに他にもふたりいたそうです」

「それはいつごろのことだ？」

「半月以上前のことです。そのことが何か」

「いや」

男が樹の枝に上っていたのは、ふじ吉が事故に遭う前だ。まさか、ふじ吉ではないだろうと思うが、気になる。

ふじ吉とその仲間と思われるふたりの男が楠のそばで話し込んでいたのだ。ふじ吉の過去を思いださせるために、仲間が楠のところに連れて行ったとも考えられなくはない。

「まあ、何か怪しい者を見たら、念のために自身番にでも届けるように」

剣一郎はもう一度注意を与えた。

「はい。畏まりました」

「邪魔をした」

剣一郎は料理屋の門を出た。

門を見通せる場所に、物貰いに扮した新兵衛が座っていた。剣一郎は新兵衛に近づき、銭を恵む振りをして、

「半月以上前に、楠の枝に上っていた男がいたそうだ。そのとき、樹下にふたりの男がいたという」

女将から聞いた話を一方的に伝え、剣一郎はその場を離れた。

それから、剣一郎は麻布にある鉄砲方の組屋敷に向かった。糸川松十郎の妻女八重に会うためだ。

糸川松十郎の屋敷の前に立って、おやっと思った。荷物の運び出しが行なわれている。指図をしているのは先日会った若い武士だ。松十郎の弟の松次郎だ。

「青柳さま」

松次郎が近づいて来た。

「屋敷を明け渡すのか」

「はい。義姉《あね》でしょうか。義姉は実家に帰りました」

「そうか。ここにはいないのか。で、実家はどこだな」

「はい。矢来下にございます」

「矢来下？」

剣一郎は脳裏に何かが走ったような気がした。

「ひょっとして、御先手組では？」

「いいえ。大御番組でございます」

大御番組と御先手組の屋敷は並んでいた。

「つかぬことを伺うが、松十郎どのと八重どのは、どのようにして知り合ったのでござるか」

「兄の上役と義姉の父君が知り合いだったそうです。その上役が亡くなった葬儀に、義姉も来ていて、兄と知り合ったそうです」

「嫁する前、八重どのに言い寄る男がいたのではござらぬか」

剣一郎は確かめた。

「はい。あのとおりの美形でございますから、兄との婚約が整ったとき、落胆した者がたくさんいたと聞いております」

「その中で、とくに八重どのにご執心だった男はいるのか」

松次郎は顔色を変えた。

「そのことが、今回のことと何か？」

「いや。ただ、参考までに」

「河本平吉という御先手組の与力がずいぶんと義姉にご執心だったという噂《うわさ》を聞いたことがあります」

「河本平吉……」

一度、すれ違ったことがある長身で尖った顎をした侍だ。かなり、気性の激しい男らしい。

その男と八重の間に何かあったのだろうか。

「八重どのにお会いしたいのだが……、ご実家を教えていただけますか」

「はい。大御番組頭与力の中山十郎兵衛《なかやまじゅうろべえ》さまのところです」

「八重どのは与力の娘御ですか」

与力の娘が同心の糸川松十郎に嫁したということに、剣一郎は何か引っ掛かるものを感じた。


それから半刻（一時間）後、剣一郎は矢来下の中山十郎兵衛の屋敷に来ていた。玄関でちょっとした押し問答があったのは、八丁堀与力に対する抵抗があったからのようだが、八重が顔を出してあっさりけりがついた。

客間で、八重と差し向かいになった。

「ご実家まで押しかけて申し訳ございません」

剣一郎は頭を下げてから、

「失礼ながら、少し立ち入ったことをお伺いいたします」

と、前置きをして続けた。

「糸川どのを殺害した賊は、最初から糸川どのに殺意を抱いていたように思えてなりません」

「いえ」

八重はかぶりを振った。

「夫は人さまから恨まれるような人間ではありません」

「糸川どのへの直接の恨みではありません」

「どういうことでしょうか。まさか……」

八重は顔色を変えた。

「何かお心当たりが？」

「いえ、でも……」

「賊と対面していて何か感じたことはありませぬか」

「………」

「賊のひとりが知っている人間に似ていませんでしたか」

八重ははっとしたように目を見開いた。

「押し入った賊は三人ですね」

「はい。そのうちのふたりが夫と私に刃を突き付けました」

「もうひとりの賊は？」

「ふたりの背後におりました」

「鉄砲と弾薬を奪ったあと、糸川どのを斬ったのは、ふたりの背後にいた賊ではありませぬか」

「そうです」

「背格好は？」

「長身でした」

「誰かに似ているとは思いませんでしたか」

「いいえ、そんなこと思ってもいませんでしたから。ただ、いま青柳さまのお話をお聞きして……」

「どなたかを思いだされたのですね」

「でも、そんなはずは……」

八重はうろたえた。

「どなたですか」

「でも」

八重は口にすることが恐ろしいようだった。

「河本平吉どのでは？」

八重が息を呑むのがわかった。

「やはり、そうですか」

「信じられません。あのお方があのような……」

「河本平吉どのはあなたに結婚を迫っていたのではありませんか」

「はい」

「それなのに、あなたは糸川どのに嫁がれた」

「私は河本さまとは何の約束もしていません。ただ、あの方が一方的に言い寄ってこられたのです」

「まだ、賊が河本どのと決まったわけではありません。ただ、可能性を話したまでのことです」

「はい。でも、今から思えば、あの背格好と、覆面をしていましたが、鋭い眼光の目は河本さまのような……」

「よろしいですか。万が一、河本どのに会うことがあっても、けっして今のことをおくびにも出してはなりません」

「会うことはありますまいが、そのことは承知いたしました」

八重はきっぱりと言った。

「それでは、また何かわかりしだい、お知らせに上がります」

「青柳さま、よろしくお願いいたします」

八重は深々と頭を下げた。

屋敷を出てから、剣一郎は事件の様相が変わったことに困惑していた。

賊のひとりが河本平吉だとしたら、八重を奪われた恨みを晴らすために、糸川松十郎の屋敷に押し入ったことになる。鉄砲と弾薬を盗んだのは動機を晦ますためか。

しかし、と剣一郎はすんなりと腑に落ちない。糸川松十郎を殺すためだけなら、屋敷に忍び込むという危険な真似をせずとも、外出時を狙うとか、ほかに方法があったのではないか。

鉄砲と弾薬の強奪を隠れ蓑《みの》にしたという見方にも疑問がある。火盗改めに復讐云々という賊の言葉も、糸川松十郎殺害の真相を隠すために必要なものだったろうか。

しかし、糸川松十郎を殺したのが河本平吉であるという可能性は高い。

待てよと、剣一郎は八重の言葉を思いだした。八重によれば、賊は鉄砲と弾薬を奪ったあとに糸川松十郎を斬ったという。

糸川松十郎の殺害が目的なら鉄砲と弾薬を奪う前に斬ってもよかった。それなのに、鉄砲と弾薬を奪ったあとに斬っている。

やはり鉄砲と弾薬を奪うことも目的のひとつだったのだ。しかし、なぜ、河本平吉がそんな真似をするのか。

河本平吉は御先手組の鉄砲組である。同心は常に鉄砲の訓練を行なっているのだ。

つまり、わざわざ鉄砲を強奪せずとも配下の同心が持っているのだ。

押込みの賊のひとりが河本平吉だと考えるのは間違っているのだろうか。それとも、他に何か意味があるのか。

火盗改めへの復讐云々の賊の言葉から、狙いは横瀬藤之進ではないかと思われていた。その後、藤之進のほうで何かあっただろうか。

剣一郎は改めて気になった。


剣一郎は四谷左門町の御先手組の組屋敷までやって来た。

藤之進の配下の与力大江伝蔵の屋敷を訪れた。御先手組与力の勤めは月に四、五日で、非番の日が多い。

この日も非番で、伝蔵は在宅していた。

客間で、伝蔵と差し向かいになった。

「その後、おかしらに異常はありません。せっかくの青柳どののご忠告でしたが、おかげでよけいな労力を使った上に、警戒も徒労に終わりました」

伝蔵は皮肉をきかせて言う。

「それに、第一、我らの配下の中に神楽坂で浪人を斬ったという者はいなかった。結果的には青柳どのの判断が大きく間違っていたということになりますな」

「しかし、まだ、油断は禁物です。どうか、警戒は怠《おこた》らないでいただきたい。仮に、徒労に終わろうとも」

「まだ、言うのですか。朋輩の中には、我らに無駄骨を折らそうとして、青痣与力が嫌がらせをしているのではないかと言う者もおるのです」

「鉄砲と弾薬を盗んだ賊はまだ見つかっていないのです。ですから、油断なきよう重ねてお願いいたします」

「そのようなことより、賊が捕まらないことのほうが問題ではござらんか。岩鉄一味にも手を焼いているようでは困ったもの。我らのおかしらが火盗改めのお役に就けば、必ずや早急に解決してみせるものを」

伝蔵は不敵に笑った。

「御先手組頭戸上主善どのの配下の河本平吉という与力をご存じですか」

「河本平吉ですか。何度か会ったことがあります。噂によると、かなり過激な男だそうだ。その男がどうかしたのですか」

「戸上主善どのが火盗改めに色気をみせていると聞きましたが」

「そうらしい。さしずめ、河本平吉が急先鋒《せんぽう》でありましょう」

伝蔵は口許を歪めた。あまり、よい感情を持っていないようだ。

「まあ、いくら河本平吉が頑張っても、戸上主善どのはあくまでも増役に過ぎぬ。第三の火盗改めになるのがせいぜいでござろう」

「なぜ、どなたも火盗改めになりたがるのですか」

剣一郎はきいた。

「しれたこと。これ以上、悪人どもをのさばらせないためです」

「それだけでしょうか」

「それだけとは?」

伝蔵は顔色を変えた。

「ほんとうに悪人どもを退治することが目的なら結構なことですが」

「青柳どのは火盗改めになりたいのには他に狙いがあるとお思いか」

「いえ。悪人どもを退治することが目的だと信じたいと思います」

「何か奥歯に物がはさまったような言い方ですな」

伝蔵は睨み付けるような目を向けた。

「お気に障《さわ》ったらお許しください。ともかく、横瀬さまの外出時の警護を忘れないようにしていただきたい。登城や下城の際より、何らかのご用で外出されるときが注意を要します」

「心配ありません。おかしらが外出されるときは我らが警護をしています」

「そうですか。ところで、近々、横瀬さまが外出される予定はございますか」

剣一郎は念のためにきいた。

「そなたに言う必要はないが……。まあ、いいでしょう。おかしらは近々、ある人物に招かれている」

「ちなみにどなたでいらっしゃいますか」

「そこまで言う必要はないと思うが」

「信頼のおける人物でございますか」

「だから、会うのです」

「だから、会う？」

その言い方が気になった。

「はじめてお会いする相手ですね」

「うむ」

「相手の名前を聞かせてもらえないのなら、せめていつどこで会うのかを教えていただけませぬか」

「なぜ、そこまで気になさる？」

伝蔵は不快そうな顔をした。

「火盗改めの恨みという賊の言葉が気になっているのです。私と横瀬さまは若い頃、同じ道場で修行をした身。陰ながら、お守りしたいと思っています」

「殊勝な心がけだが……」

伝蔵は折れたようにふっと吐息をつき、

「他言無用に願う。約束していただけますか」

「もちろんにござる」

これだけ念を押すのは、よほど秘密の会談のように思えた。

「よし、いいでしょう。湯島天神前にある『とよかわ』です」

「『とよかわ』ですと」

剣一郎は覚えず大声を出した。

「『とよかわ』に何か」

伝蔵は不審そうにきいた。

「あることで、我らが気にしている料理屋です。岩鉄一味が『とよかわ』に狙いをつけている形跡があるのです」

「なに、岩鉄一味だと」

　今度は、伝蔵のほうが目を剝いた。

「横瀬さまが『とよかわ』に出向くのはいつですか」

「明後日《あさって》の夕方だ」

　伝蔵は不安の色を浮かべた。

「相手の人物を教えていただけませんか」

「いや。それはご勘弁願おう」

「では、もう一つお聞かせください。先方から、横瀬さまにお会いしたいと言って来たのですね」

「そうだ」

「その人物に大江どのも会っているのですか」

「最初に私に接触してきた」

「大江どのに？」

　剣一郎は訝しく思って確かめた。

「大江どのに接触して、横瀬さまにお会いしたいと頼まれたのですね」

「そうだ」

「用向きは？」

「言えぬ。言えぬのだ」

伝蔵は眉根を寄せて首を横に振った。

よほど、秘密の事柄のようだ。

「もう、よいですか。そろそろ出かけねばならぬのだ」

「これは申し訳ありません」

剣一郎は謝して、伝蔵の屋敷を出た。

いったい、横瀬藤之進は誰に会うと言うのか。しかし、場所が『とよかわ』ということが気になる。

四

辺りが暗くなってから、剣一郎は湯島天神前にやって来た。

『とよかわ』の裏手にある楠のそばに行った。灯《あかり》もなく、闇だ。かなたに不忍池のほとりにある料理屋や出合茶屋の灯が望めた。

いつの間にか、物貰いに扮した新兵衛が近づいて来た。

「明後日の夕方、御先手組の横瀬藤之進さまが『とよかわ』に来るらしい」

大江伝蔵から聞いたことを話した。

「何かありそうですね」

「気になるのがこの楠だ。新兵衛」

「はっ」

「この枝に上ってみてくれぬか」

「承知しました」

女将の話では、いつぞや酔っぱらったおとなも上がっていたという。果して、それがほんとうの酔っぱらいだったかどうか。

新兵衛は身軽に枝に上がった。

「そこから座敷が見えるか」

「二階の廊下の手摺《てす》りは見えますが、座敷は少し見える程度です」

樹の上から、新兵衛が答えた。

「そうか。そこから鉄砲で座敷にいる人間を撃つことは出来ぬな」

「無理です。二階の窓の手摺りなら可能だと思いますが」

「窓か」

ここから鉄砲で狙うというのは考えすぎかもしれない。

「よし。おりてよい」

新兵衛は音もなく地に下り立った。

「青柳さま。ここから鉄砲で誰かを狙うとお考えですか」

「根拠があるわけではない。ただ、鉄砲と弾薬が盗まれたこと、火盗改めへの復讐云々という賊の言葉、それとふじ吉が岩鉄一味の仲間かもしれないことと考え合わせ、そう結論づけたのだが……」

この考えが矛盾だらけであることは承知の上で、剣一郎は考えついたのだ。

まず、剣一郎は糸川松十郎を殺したのが河本平吉だと考えた。しかし、河本平吉ならば鉄砲を奪う必要はない。では、糸川松十郎の屋敷に押し入ったのは岩鉄一味だったのか。そうだとしても、岩鉄一味に横瀬藤之進を狙う理由があるとは思えない……。

さらに、楠のそばにいたのはふじ吉だ。ふじ吉に鉄砲が撃てるとは思えない。

いや、果してそうだろうか。

ふじ吉の素性は謎《なぞ》だ。ふじ吉は江戸の人間ではないのだ。鉄砲を扱い慣れた仕事をしている人間かもしれない。たとえば、猟師だ。

そういえば、ふじ吉からは硝煙の匂いがした。最初は花火師でもしていたのかと思ったが、もしかするとふじ吉は鉄砲の名手なのか。まさか、ふじ吉は鉄砲での暗殺を引き受ける殺し屋だとしたら……。そう考えた瞬間、剣一郎ははっとした。

岩鉄一味は何らかの理由によって横瀬藤之進を殺そうとしているのだ。そのために、鉄砲撃ちの名人であるふじ吉に暗殺の依頼をした。しかし、江戸に鉄砲を持ち込むことが出来ずに、糸川松十郎の屋敷に押し入り、鉄砲と弾薬を強奪した。

だとすると、岩鉄一味には侍がいることになる。さまざまなことを考え合わせると、やはり、ふじ吉が盗んだ鉄砲で横瀬藤之進を狙うという筋書きになるのだが、もちろんこの考えは現時点では妄想《もうそう》に過ぎない。

ふじ吉がほんとうに鉄砲撃ちの名人かどうか。その前提が崩れたら、剣一郎の考えは淡雪《あわゆき》のように消えてしまう。

それに、楠の枝に立ったとしても、座敷にいる人間は狙えない。やはり、考えすぎかもしれないと、剣一郎は思った。

「ともかく、明後日の夜は警戒を要する」

「畏まりました」

剣一郎は新兵衛と別れ、八丁堀の屋敷に引き上げた。

剣一郎が帰宅すると、奥から賑やかな笑い声が聞こえた。るいや志乃の笑う声に混じって、野太い男の声。

「あれは左門《さもん》か」

剣一郎は苦笑した。

多恵が答えた。

「はい。半刻（一時間）前からお待ちです」

着替えてから庭に面した部屋に行くと、ちょうど橋尾《はしお》左門も部屋に入って来た。

「待たせてもらったぞ」

左門はずかずかと部屋に入って来て、剣一郎の前に腰を下ろした。

左門は剣一郎の竹馬《ちくば》の友だ。吟味与力の左門は奉行所では威厳《いげん》に満ちた顔つきで、冗談ひとつ言わず、剣一郎と顔を合わせても態度を崩したりしない。

だが、奉行所を離れると、別人のように砕《くだ》けた調子になる。るいなどは、子どもの頃から左門のおじさまと言って慕《した》っていた。

「いやあ、るいどのや志乃どののような美形と話していると、つい心が浮き立つ」

左門はにやついていた。

「ああ、ずいぶん品のない笑い声が聞こえた」

「そう言うな。そなたが遅いからだ」

「まあ、るいもそなたが来るのを楽しみにしているのだ」

「ほんとうにいい娘だ。手放すのは辛かろう」

「よけいなことはいい。何か用でもあったのか」

剣一郎は催促《さいそく》した。

「それよ」

急に、左門が真顔になった。

「じつは、賭場で喧嘩をして傷害の容疑で詮議をしている男が五両を持っていた。その金の出所をきくと、横山町の『鍵屋』から花火を盗んだ謝礼だと主張している」

「花火を盗んだ？」

「うむ。その際、妙なことを口にしたのだ」

「妙なこと？」

剣一郎は聞き入った。

「うむ。友助という男を知っているな」

「友助？　もと花火師の友助か」

「そうだ。その男は友助に頼まれて花火を盗み出したそうだ。その謝礼に五両をもらったと言う」

「花火を盗んだのはいつのことだ？」

「十日ほど前らしい」

友助が行方不明になった頃だ。

「『鍵屋』から被害の届けは？」

「ない。『鍵屋』の主人を呼んで確かめたところ、古い花火が紛失していたが、さして気にしていなかったということだ。火薬を紛失したことは重大だから届け出ないとならぬと叱責しておいたが」

「友助はいまは行方不明だ」

「そうらしいな。古傘買いをしている長屋住まいの友助が五両の金を持っているというのも不自然だ。だが、その男はそう言い張る。剣之助から、そなたが友助の行方不明のことを気にしていたと聞いたので、知らせておこうと思ってな」

「確かに、友助が五両の金を持っていたとは思えない」

友助に近づいていた男がいた。もし、五両の件が事実なら、その男から金が出ているのかもしれない。

「何か思い当たることがあるのか」

「いや」

剣一郎は首を振ったが、

「ただ、気になることがある。鉄砲方同心の屋敷から鉄砲と弾薬が盗まれたことだ。そのことと関係があるのかないのか」

やはり、気になるのは友助に近づいていた男だ。

「もしや、鉄砲の弾薬に使うために火薬が必要だったとか」

「わからぬ。しかし、こうなると、友助は単なる失踪ではないかもしれぬ。行方を探すことが重要になってきた。ともかく、京之進に調べてもらおう」

何かが迫っている。剣一郎は焦りに似た思いに襲われた。

「おや、庭に誰か」

左門が気づいた。

「文七だ」

そう言い、剣一郎は立ち上がって濡縁に出た。

暗い庭先に文七が立っていた。

「お邪魔だったでしょうか」

左門のことを気にして、文七がきいた。

「構わない」

「じつは、富ヶ岡八幡宮周辺を探っていましたが、ふじ吉らしき男を見つけることは出来ませんでした。ですが、ちょっと気になる男を見かけました」

「気になる男？」

「はい。冬木町《ふゆきちょう》に『大津屋《おおつや》』という絵草子屋《えぞうしや》があります。その店で、大津絵が売られていました」

「大津絵？　藤娘もあるのか」

「はい。藤の枝を手にした娘の絵が描かれておりました。でも、店はそれほど流行《はや》っているようには見えません。それで気になって、その店を調べてみました。店が出来たのが一年ほど前。主人は万兵衛《まんべえ》という四十ぐらいの大男です」

「大男？」

「はい。その店に三十半ばぐらいの頰のこけた目付きの鋭い男が出入りをしています。もしやと思い、その男にわざとぶつかってみました。二の腕に朱の彫り物がありました」

「ふじ吉の前に現れた男か」

「断定は出来ませんが、そうだと思います」

「岩鉄一味のかしらの岩鉄聖人も大男だというが……」

剣一郎はもしやと思った。

「いえ、どうも、岩鉄一味のかしらとは思えないのです」

「どうして、そう言えるのだ？」

いきなり、部屋から左門が出て来ていた。

「これは橋尾さま」

文七は会釈をした。

「うむ。で、どうして岩鉄聖人ではないと言えるのだ？」

「はい。最初は私もそうではないかと思いました。ですが、万兵衛は以前は横山町にある『文永堂《ぶんえいどう》』という大きな絵草子屋の番頭だった男でした。『文永堂』に確かめましたから間違いありません。それに、万兵衛は評判のよい男でした」

「そうか。だが、万兵衛の店に二の腕に朱の彫り物がある男が出入りをしているということが気になるな」

その男がふじ吉の仲間かどうかはわからないが、剣一郎は心が落ち着かなくなった。何か見えそうでいて見えない。そんなもどかしさがあった。

「よし。明日、万兵衛に会ってみよう。案内してくれ」

「待て」

左門が引き止めた。

「万兵衛が岩鉄一味の仲間だとしたら、こっちの動きを悟られてしまうではないか」

「いや。文七の見立てを信じよう。ただ、接触したことを二の腕に朱の彫り物がある男に知られないようにしなければならぬが」

ともかく、時間がない。明後日、湯島天神前の『とよかわ』に横瀬藤之進が出向くのだ。そこに何か企みが施《ほどこ》されているか否か、早急に見極める必要があった。

翌日、剣一郎は深編笠をかぶり、仙台堀《せんだいぼり》に沿って冬木町に向かった。少し先を文七が歩いている。

正覚寺《しょうがくじ》の脇を過ぎると、冬木町になる。文七は町角を曲がり、小商いの店が並ぶ通りに入った。

その真ん中辺りの長屋木戸の隣に『大津屋』という看板が出ている店があった。

文七はその店の前を素通りした。剣一郎も店の前を通りすぎる。その際、店の中を見た。店番をしている男がいた。

町外れまでやって来た。

「万兵衛が店番をしていました」

文七が言う。

「よし。万兵衛に会ってみる。二の腕の彫り物の男を見張ってくれぬか」

「はい。わかりました。現れたら、どうしましょうか。引き止めておきますか」

「いや、すぐ知らせてくれればよい」

そう言い、剣一郎は通りを引き返した。

『大津屋』の店先に立った。鬼の絵や藤娘の絵が吊《つ》るしてある。

「亭主。ちと訊ねるが、この店はいつからやっているのだ?」

「はい。一年前からです」

万兵衛はにこやかな顔で答える。大柄で、二重顎のひとのよさそうな顔をしている。

「それまでは?」

「横山町の『文永堂』という大きな絵草子屋で番頭をしていました」

信じてよさそうだと思い、剣一郎は笠をとった。

「青柳さまで……?」

「さよう」

万兵衛は居住まいを正した。

「ここに三十半ばぐらいの遊び人ふうの男が出入りをしているようだが？　目付きの鋭い男だ」

「三次さんでしょうか」

「三次というのか。何をしている人間だ？」

「よくわかりません。大津絵を買っていただきました」

「客なのか」

「そうです。なんでも、知り合いに大津絵を蒐集《しゅうしゅう》している人間がいるので、一度連れて来ると仰っていただいています」

「その知り合いというのは？」

「いえ。どんな方かは聞いておりません」

「三十ぐらいの色の浅黒い、精悍な顔つきの男を知らないか」

ふじ吉の特徴を話した。

「最近はいらっしゃいませんが、半月以上前に三次さんといっしょにやって来たことがあります。確か、そのとき藤娘の絵を買っていただきました」

「藤娘の絵か」

ふじ吉に間違いないと思った。やはり、二の腕の彫り物の男は岩鉄一味の者だ。その者は単に大津絵を買い求めに来ただけなのか。それとも何か他に狙いがあってのことか。万兵衛が岩鉄聖人というかしらと同じ体形だということが気になる。

「もし、三次という男がやって来ても、わしのことは話さぬように」

「畏まりました」

「邪魔した」

剣一郎は店を出た。

仙台堀まで行くと、文七が近づいて来た。

「いかがでしたか」

「やはり、岩鉄一味だ。二の腕の彫り物の男は三次というらしい。ふじ吉も事故の前に大津絵を買いに来たことがあったようだ。狙いはわからぬが、岩鉄一味があの店に興味を持っているのは間違いない。今度、三次が現れたら、あとをつけるのだ」

「はい。では」

文七がさりげなく離れて行く。

剣一郎は仙台堀沿いを大川《おおかわ》方面に向かった。

半刻後、剣一郎は昌平橋を渡り、明神下にやって来た。

承安の家に顔を出した。相変わらず、患者でいっぱいだった。

手が空いたときに、剣一郎は承安と向かい合った。

「ふじ吉さんは姿を晦ましてしまったようですね」

承安が難しい顔をしてきいた。

「仲間と出会い、自分のことを思いだしたようだ」

「そうですか。何の挨拶もなしにですか」

「やましいことがあるのかもしれない。ふじ吉のことで訊ねるが、あの男の体に何か特徴はなかったか。たとえば、肩が非常に盛り上がっていたとか、腕の太さが違っていたとか、指が太かったとか……。なんでもいい」

「はい。右肩の付け根付近の皮膚《ひふ》が厚く盛り上がっておりました。常に何かに圧迫されていたのかもしれません」

「鉄砲とは考えられぬか」

「はい。私も鉄砲撃ちかと思いました。猟師の持つような火縄銃ではなく、銃《じゅう》床《しょう》を肩に当てる衝撃の強い士《さむらい》筒《づつ》を使っていたのだろうかと考えたことがあります。やはり、鉄砲撃ちでございましょうか」

「いや、わからぬ。確かに、猟師のようには思えぬ。色は浅黒いが赤銅色に焼けているわけではない。患者が待っている。邪魔した」

剣一郎はすぐに立ち上がった。

承安の診療所を出てから、剣一郎は妻恋坂を上がった。稲荷社の境内にある藤棚の藤も盛りを過ぎていた。

『清水屋』を訪ね、女中のおしんに会った。

「青柳さま。ふじ吉さんのことで何かわかったのでしょうか」

おしんは縋るような目を向けてきいた。

「いや。わからない。ひとつ、ききたいのだが、ふじ吉の世話をしているとき、ふじ吉の動きで何か気になったことはなかったか」

「動きですか」

「そうだ。何か妙なことをしたりしなかったか」

「いえ」

おしんは首を横に振ってから、

「ふじ吉さんに何かおかしなところがあるのですか」

「いや。そうではない。もしかしたら、ふじ吉は猟師のような仕事をしていたのかもしれないと思ってな」

「猟師……。あっ」

おしんが何かを思いだしたように続けた。

「何かのおり、私の実家の百姓家にも銃があって、父が野鳥や兎《うさぎ》をとりに山まで行くという話をしたことがあります。そのとき、ふじ吉さん、何か恐ろしいものを見たような顔をして、右の肩に手をやってさすっていました」

「肩をさすった？」

「はい。それで、ふじ吉さんは銃を使ったことがあるんですかときいたことがあります。ふじ吉さんは首を振ってましたけど」

「そうか」

やはり、ふじ吉は鉄砲撃ちの可能性がある。

肩の皮膚が厚く硬くなっていたのは銃床を持つ威力のある銃を扱っていた人間かもしれない。ふじ吉はどこぞの藩で、鉄砲を扱う中間か小者をしていた人間ではなかったか。

おそらく、鉄砲撃ちの名人だったのではないか。その男が岩鉄一味の手先となっている。しかし、ふじ吉の役目は何か。

湯島天神前の『とよかわ』の裏手の楠から二階座敷にいる人間を撃ち殺すつもりなのか。しかし、楠の枝によじ登っても、二階の窓の手摺りに立つ人間しか狙えないのだ。そんな可能性の低いことをするのか。

仮に、そうだとしたら、狙いは誰なのか。横瀬藤之進か。それとも、別人なのか。

鉄砲は鉄砲方同心糸川松十郎の屋敷から奪ったものを使用するのか。

しかし、糸川松十郎を殺害したのは河本平吉ではないかという疑いがある。

河本平吉に会う必要がある。剣一郎はそう思いながら、『清水屋』をあとにした。


神楽坂を越え、剣一郎は矢来下の御先手組の組屋敷にやって来た。

通り掛かった中間に河本平吉の住まいを聞き、剣一郎はそこに訪ねた。

門を入り、玄関に向かう。ひっそりとしていた。玄関で訪問を告げたが、誰も出て来ない。

ふと耳を澄《す》ますと、気合のような短い声が聞こえた。

剣一郎はそのほうに足を向けた。庭木戸を抜けて庭に出ると、先日見かけた武士が諸肌《もろはだ》を脱いで木刀を振っていた。河本平吉だ。

たくましい体をしている。木刀は風を切り、悲鳴のような音をさせている。

ふいに、平吉が素振りを中断した。

木刀を下げて、顔を向けた。

「失礼しました。声をかけたのですが、応答がなく、つい気合の声に誘われてここまで来てしまいました」

剣一郎は詫びた。

「誰だ?」

「私は南町奉行所与力、青柳剣一郎と申します」

「奉行所の者が何用で参ったのだ?」

「少し、河本さまに教えていただきたいことがございまして。少し、お話が出来ますれば幸甚なのですが」

「何の話だ?」

「鉄砲方同心糸川松十郎どののことです」

平吉は眉根を寄せた。

少し間があってから、

「ここで申せ」

と、平吉は言った。

「恐れ入ります」

剣一郎は少し近づいてから、

「河本どのは、糸川松十郎どのをご存じでしたか」

「知らぬ」

「知らぬと言うのは会ったことがないということでしょうか、それとも名前も聞いたことがないということでしょうか」

「細《こま》かいな」

平吉は口許を歪めた。

「興味もないということだ」

「妻女の八重どのはご存じでしょうか」

「いったい、どういうつもりでそのようなことをきくのだ？　奉行所の人間にそのようなことをきかれる筋合いはない」

「申し訳ございません。なにしろ、糸川松十郎どのが殺され、鉄砲と弾薬が盗まれたのです。早く解決させないと、その鉄砲で誰かが犠牲にならないとも限りません」

「なぜ、俺なのだ？　まさか、俺が賊の仲間だとでも思っているのではなかろうな」

「いえ、岩鉄一味ではないかと睨《にら》んでいます」

「岩鉄一味?」

「はい。江戸市中を荒らし回っている盗賊でござる。鉄砲と弾薬の強奪に、岩鉄一味が絡んでいると睨んでおります。岩鉄一味は盗んだ鉄砲で、誰かを殺そうとしているのではないか、そんな気がしてなりません」

「俺は岩鉄一味とは関わりはない」

平吉は冷笑を浮かべた。

「ただ、岩鉄一味だとして、ひとつだけわからないことがあるのです」

「なんだ?」

「糸川松十郎どのを斬った理由です。賊は鉄砲を盗んだあと、糸川どのを斬ったということです。斬る必要もないのにわざわざ斬っているのです」

「そんなことは賊を捕らえてからきけばよいこと」

「いえ、そのことが賊を見つける手掛かりになるかもしれません」

「…………」

「つまり、賊の中に糸川松十郎どのを恨んでいた人間がいたのではないか。そんな気がしたのです」

「では、糸川松十郎を恨んでいた人物を探せばいいではないか」

「ところが、糸川どのは穏やかな性格で、他人から恨まれるような人間ではないのです」

「そなたの解釈が間違っていたというわけか」

「糸川どのへの直接の恨みではなく、恨みの根拠は別にあったのではないか。そんな気がしてなりません」

「言っている意味がわからんな。そなたと、こんな話をしている暇《ひま》はない。そろそろ、ひとが訪ねて来る頃だ」

「申し訳ございません。じつは、賊の中に妻女の八重どのと関わりのある者がいたのではないかと思ったのです。河本どのなら、そういう人間をご存じではないかと」

「なぜ、俺にきくのだ？」

「八重どののことを知っているとお聞きしたので、河本どのなら何かご存じではないかと思いまして」

「俺が知るわけはない。さあ、もうお引き取り願おう」

平吉は顔を歪めて言う。

「わかりました。たいへん不躾《ぶしつけ》なことをおききして申し訳ありませんでした」

剣一郎は引き返し、庭木戸を出て門に向かった。

そこに、ふたりの武士がやって来た。

ふたりはぎょっとしたように立ち止まった。やはり、先日河本平吉とともにすれ違った侍だ。

剣一郎は会釈をしてすれ違って門を出た。

強い視線を背中に感じながら、剣一郎は組屋敷をあとにした。もし、河本平吉が賊のひとりだとしたら、必ず何か仕掛けてくる。剣一郎はその覚悟を固めていた。

第四章　銃弾

一

風が強い。寛永寺の五重塔の向こうの空から徐々に白《しら》みだしてきた。

伊太郎は不忍池のほとりに立ち、薄闇に包まれ、ぼんやりと水上に浮かんでいるように見える弁天堂《べんてんどう》に目をやっていた。

風で波が立ち、足元に打ち寄せている。

手に中筒の鉄砲を下げている。何度も構え、感触を確かめた。銃を手にするのは一年ぶりだが、何の違和感もなかった。それどころか、鉄砲を構えたときの激しい高揚《こうよう》感はなんとも言えなかった。

俺は根っからの鉄砲撃ちなのかと、自嘲気味に口許を歪めた。水鳥が動く。さっと鉄砲を構え、銃口を水鳥に向けた。

狙いは万全だった。手にしているのは銃床があり、殺傷力の強い中筒だ。相手を一発で仕留めることが出来る。

だが、もう俺は鉄砲を捨てたのだ。たとえ、相手がどのような人間であろうが、殺すことはしたくない。

背後に足音がした。ゆっくり近づいて来る。

「落ち着かないのか。いよいよ今夜だ」

三次の声がした。

「失敗は許されない。しっかりと頼んだぜ。おかしらや俺たちの運命はおまえの銃弾一発にかかっているのだ。もし、失敗したら……」

「言うな」

伊太郎は叫んだ。

「わかっているならいい」

三次は低い声で笑った。

「決行は今夜の五つ（午後八時）だ。『とよかわ』の裏手まで俺がいっしょに行く」

「ひとつだけ聞かせてくれ。なぜ、殺すのだ？」

「知る必要はない」

「なぜ、教えてくれないのだ。俺はずっと自分が撃った人間を殺す理由を知った上で撃ってきた。万全を期す上でも、心の準備が必要だ」

伊太郎は訴えた。

「相手は火盗改めだったのだ。俺たちのような稼業にとっては恐ろしい敵だ」

「横瀬藤之進への復讐か、それとも今後のために」

「今後のためだ。あの男を火盗改めに復帰させてはならないのだ。火盗改めのかしらをやるとあとが面倒だ。幕閣の連中も威信にかけて下手人を追いかけるだろう。だが、いまはまだ御先手組頭だ。やるなら今なのだ」

三次は北叟笑《ほくそえ》んだ。

「納得したか」

「………」

伊太郎はわからなかった。横瀬藤之進がそれほどの人物だとしても、暗殺をしなければならないことなのか。

火盗改めの役についていなくても、御先手組の配下の者が躍起《やっき》になって下手人を探そうとするはずだ。

「じゃあ、あとでおかしらのところに集まることになっているからな」

「わかった」

三次は離れて行った。

相手は御先手組頭の横瀬藤之進だ。どういう人柄で、どういう家族がいるかわからない。横瀬藤之進の命が果てたあと、家族や周囲の者の悲嘆は想像に難くない。

だが、伊太郎はやらねばならないのだ。

朝餉のあと、おかしらの部屋に皆が集まった。

羽織《はおり》を着て、商家の主人のような形《なり》をしているが、この男が凶悪な盗賊の首領である岩鉄だ。

押込みのときは墨染《すみぞめ》の衣を身にまとい、岩鉄聖人と名乗って殺生《せっしょう》を重ねるという凶悪な男だ。

もともと坊主だったのかどうかはわからない。

主立った手下が七人ほど集まった。実際にはその下にも手下がいるが、みな下っ端だ。その連中は深川の隠れ家にいる。伊太郎は隅に腰を下ろした。

全員揃ったことを三次が告げると、岩鉄はおもむろに口を開いた。

「いいか。いよいよ今夜だ。せいぜい、派手にやってもらう」

「へい」

一同が声を合わせて応じた。

「三次」

　岩鉄が声をかけた。

「へい」

「友助のほうはだいじょうぶか」

「ぬかりありません」

「よし」

　岩鉄は満足そうに頷いてから、

「伊太郎」

　と、鋭い目をくれた。

「はい」

　伊太郎は射《い》すくめるような視線を受け止めた。

「しっかりと頼んだぜ」

「はい」

　自分の声が震えた。

　そんな伊太郎の反応に、岩鉄は含み笑いをした。が、すぐに厳しい顔つきになり、
一同をねめ回して、

「それぞれの役割をしっかりとやるんだ。ここが、岩鉄一味の正念場だ」

「へい」

またも一同が声を合わせて応じる。伊太郎は口を形だけ開けた。

思いだすのではなかったと、いまでも伊太郎は後悔をしている。まさか、恐れていたような素性だったとは……。

あのままふじ吉という名で新しい人生を歩むことさえ出来ていたら、どんなに仕合《しあわ》せだったろうと思うのは自分の過去を思いだしたからで、あのときは自分を取り戻そうと必死だった。

「よし。今夜にそなえ、ゆっくり過ごすのだ」

岩鉄の言葉で散会になった。

伊太郎が部屋を出て行こうとしたとき、岩鉄が呼び止めた。

「伊太郎」

「へい」

伊太郎は振り返った。

「ちょっと来い」

「へい」

伊太郎はがらんとした部屋の真ん中に戻った。岩鉄の横に三次が残っている。

「今夜、頼んだぜ」

目の前に座ると、岩鉄が言った。

「へい」

「もし、失敗したら、『とよかわ』に火を放ち、改めて横瀬藤之進を襲撃しなければならねえんだ。そしたら、奉公人や客などかなりの者が犠牲になるだろう。そんな殺生をしたくねえ。おめえの腕にかかっているんだ。いいな」

「わかっています」

伊太郎は絶望的な思いで答えた。

どのみち、この役目からは逃れられない。

「その代わり」

伊太郎は念を押すように言う。

「ことが終わったら……」

「心配するな。おめえの望みを叶えてやる。俺が約束する」

「お願いいたします」

「三次」

岩鉄が三次に声をかけた。

「ぬかりはねえな」

「へい。ありません。ただ、最近、湯島天神前にいる物貰いが、夜になると『とよかわ』の裏手のほうで過ごしています。物貰いとて、あとで厄介なことになるといけませんので、その物貰いを始末する必要がありそうです」

伊太郎はいつぞや銭を恵んで上げた物貰いを思いだした。

「物貰いなんか気にしないでいいんじゃねえですかえ」

伊太郎は物貰いに危害を加えたくなかった。

「些細《ささい》なことでも危険は排除しておくべきだ」

「だったら、どこかへ連れ出せばいいんじゃありませんか。銭を与えてしばらく他の場所に行っているように言えば従うはずです。大事の前の殺生は縁起が悪い。おかしら。物貰いを追いやるだけにしてください」

伊太郎は頼んだ。

「伊太郎。物貰いのひとりやふたり、死んだって誰も悲しみやしねえ」

「物貰いだって俺たちと同じ人間だ」

伊太郎は訴えた。

「わかった」

岩鉄が折れたように、

「そこまで言うなら、自分で他の場所に移るよう話をつけてくるんだ」

「わかりました」

伊太郎は素直に応じた。

「じゃあ、伊太郎。頼んだぜ」

岩鉄は鋭い眼光で言う。

伊太郎は岩鉄の前を下がった。

やはり、心はざわついている。岩鉄に逆らえず、ひとを撃たねばならないという苦痛だけではなかった。

青痣与力だ。自分を信用し、心配してくれていた青痣与力を裏切ることになる負い目だ。青痣与力はこう言った。

仮にそなたが悪の仲間であったとしても、必ず我らが救い出す、と。その信頼を裏切ることが五体を引きちぎられるほどに苦しい。

逃げ出すことは出来ない身だ。突き進むしかない我が身が辛かった。

伊太郎は庭に出た。相変わらず、風が強い。

物置小屋に向かった。ここに元花火師の友助がいる。

戸を開けると、明かりが暗い小屋の中に射し込んだ。

「とっつぁん。いるかえ」

伊太郎は呼びかけた。

暗い奥からもぞもぞ動く気配がした。

「なんでえ。伊太郎か」

「まだ寝ていたのか」

酒臭い。

「ゆうべ、呑みすぎた」

友助は頭を押さえた。

「どうした、冴えない顔をして。さては、怖くなったか」

歯の欠けた歯ぐきを剝《む》き出しにして言う。

「とっつぁんは怖くないのか」

「俺は花火を打ち上げるだけだ。怖いことなんてねえ」

「だが、それによってひとがひとり死ぬのだ」

「火盗改めだった侍だ。別にかまやしねえ。俺の知り合いも昔火盗改めにしょっぴかれてひでえ目に遭ったんだ。同情なんかしねえよ」

　十数年振りに花火を打ち上げられることだけで高揚していて、ことの善悪など考えられないようだ。

「うまく打ち上げられそうか」

「ああ、ばっちりだ。早く、打ち上げてみたいぜ」

また歯のない口を開けて、友助は笑った。そして、壁の隅に目を向けた。

そこに火薬を詰めた玉がいくつか置いてあった。それぞれに導火線が付いている。

この玉を火薬で打ち上げ、空に舞い上がり導火線に付いた火が燃えて空中で玉が爆発するのだ。友助は火薬の微妙な配合と導火線の長さを決め、打ち上げる玉を作った。

「伊太郎。この仕事を終えたら、ここの連中とは縁を切るんだ。いいな」

友助は声を潜めて言う。

「ああ、言われるまでもねえ。とっつあんもだ」

「わかっている。だが、花火が打ち上げられるのはうれしいぜ」

友助は無邪気に喜んだ。

「じゃあな」

伊太郎は立ち上がった。

「伊太郎。仕事が終わったらうまい酒でも呑もうじゃねえか」

背後で、友助の声を聞いて、ふと不安が押し寄せた。

「とっつあん、打ち上げたあと、すぐにここを去ったほうがいいかもしれねえぜ」

「ああ、謝礼をもらったら、とっとと長屋に帰るさ」

「謝礼なんか……」

伊太郎は言いさした。

「なんだ?」

「いや、なんでもねえ」

伊太郎は言っても無駄だと思った。

岩鉄が友助を生かしておくとは思えない。おそらく、友助の口を封じようとするのではないか。

そのことを言っても、友助は聞き入れないだろう。これまで好きな酒をたっぷり呑ませてもらい、花火の打ち上げに成功すれば、たんまりと謝礼がもらえる。そう信じて疑わない友助に、終わったあと殺されるかもしれないなどと言えなかった。

それに、その言葉を信じて、友助がいま逃げ出せば、伊太郎の狙撃の機会がなくなる。そうなったら、岩鉄は『とよかわ』を火攻めにして横瀬藤之進を襲うつもりなのだ。

きょうは風が強い。火事が起きたら大火事になりかねない。

伊太郎は憤然とした。このままでいいのか。なんとか、いい方法はないのか。

縋《すが》るのは青痣与力だ。しかし、連絡をとる手段はなかった。

『清水屋』の近くに行けば、清水屋か女中のおしんに会えるかもしれない。そしたら、青痣与力につなぎをとってもらうことが出来るかもしれない。

伊太郎は隠れ家を出ていこうとした。

「どこへ行くんだ?」

背後で声がした。三次の声だ。しまったと思ったが、おくびにも出さず、

「『とよかわ』の裏まで行ってみる。この風だ。影響はないと思うが、ちょっと見ておきたい」

と、弁明した。

「だめだ。誰かに見つかる」

「気を落ち着けるためにも見ておきたいのだ」

伊太郎はむきになって言う。

「ちっ。じゃあ、姿を変えるんだ。俺がうしろからついて行く」

舌打ちしたが、やむを得なかった。

伊太郎は煙草売りの格好をし、三次は小間物の荷を背負った。

伊太郎は湯島切通町を抜けて湯島天神の女坂を上がった。うしろから、三次がつけてくる。

伊太郎の監視の意味合いもあるのだろう。

伊太郎は境内を抜けて門前町のほうに向かった。鳥居を出て、『とよかわ』の裏手に行った。

楠の前に立つ。風で葉は揺れているが、枝が視界を遮《さえぎ》ることはなさそうだった。三次が近づいて来た。

「どうだ?」

「だいじょうぶだ。問題ない。もし、俺が失敗したら、どこに火を放つつもりだ?」

「おめえは知らなくていい」

三次は冷たく言う。

伊太郎たちは楠の前を離れた。すると、湯島天神の境内の塀のそばに、例の物貰いが座っていた。ふと、伊太郎はある考えが閃《ひらめ》いた。

「あの物貰いだ。明日までここから立ち去るように諭してみる」

「素直に聞くと思うか」

「聞かなければ、そのときは、好きなようにしたらいい」

「よし」

　伊太郎は物貰いの前に向かった。

　物貰いがじっと見つめている。以前に会った物貰いと、違うような気もしたが、伊太郎は物貰いの前に立った。

　銭を笊《ざる》に入れてから、

「青痣与力を知っているか」

　と、きいた。

「へい」

　物貰いは頭を下げた。

「伝えてもらいたい。横瀬藤之進どのの胸に鉄の板をいれてもらうようにと」

　三次が近づいて来るのがわかった。あまり長い説明は出来なかった。

「付け火を防ぐためだ。五つの花火が合図だ」

　とりとめなく言ったあとで、

「いいかえ、きょうは一日、ここから離れるんだ。神田明神か根津権現のほうに行け」

三次が横に立った。

「わかったな」

伊太郎は物貰いに言い聞かせた。

「へい」

物貰いはすぐに立ち上がった。そして、莚《むしろ》と笊を持ち、とぼとぼと切通のほうに去って行った。

「聞きわけがいいな」

三次は不審そうに言う。

「今は銭の効き目があったからだろうが、夕方になったら、のこのこと現れるかもしれない」

伊太郎は怪しまれないように言う。

「まあ、そんときはそんときだ。さあ、怪しまれぬうちに引き上げだ」

「わかった」

あの物貰いが青痣与力に伝えるかどうかわからない。いや、こっちの言葉を聞いている振りをしていただけで、何も頭に入っていないかもしれない。

仮に伝わったとしても、あれだけの短い言葉で、青痣与力がどこまで理解してくれるかわからない。いや、何のことかわからないに違いない。

徒労だったかもしれないと、伊太郎は落胆の溜め息をついた。

二

ふじ吉の伝言を、剣一郎は京之進とともに妻恋町の『清水屋』の離れで聞いた。

剣一郎は今夜に備え、清水屋伊兵衛に頼み、ここを探索の拠点に借り受けたのだ。何かあれば、皆ここに集まってくるように手配してあった。

京之進は花火の火薬や打ち上げの道具が盗まれた事件を調べて来た。それによると、やはり、『鍵屋』から古い道具が盗まれたという。

物貰いに扮した新兵衛がふじ吉の言葉を伝えたあとで、

「仲間がいたため、今のことしか言えなかったのです」

と、付け加えた。

「うむ」

それが精一杯であったのだろうと、剣一郎は理解を示した。

それにしても、ことは重大だった。やはり、ふじ吉は楠の上から鉄砲で横瀬藤之進を撃つもりなのだ。

「青柳さま。楠に現れたふじ吉を捕縛しますか」

「いや。付け火を防ぐためだという言葉が気になる。岩鉄一味は狙撃が失敗したあと、周辺に火を放って横瀬藤之進さまを襲撃するつもりなのかもしれない」

「二段構えをとっているというわけですね」

「そうだ」

「花火というのはなんでしょうか」

「花火……」

剣一郎は何かが閃きかけた。狙撃に関係がある。花火の火薬を鉄砲に利用しようとしているのではない。

だとしたら……。

はったと剣一郎は膝を叩いた。

「横瀬さまを窓辺に立たせるための仕掛けだ。おそらく、不忍池の周辺で花火を打ち上げるつもりだ。その花火は『とよかわ』の二階の窓辺から真正面に見えるはず。連れの男が横瀬さまを誘う」

「そこをふじ吉が狙うというわけですね」

「おそらく、そういう手筈《てはず》に違いない」

「では、花火を打ち上げさせなければ狙撃は出来ないということですね。池の周辺を調べ、打ち上げ場所を……」

「待て」

剣一郎は新兵衛を制した。

「狙撃出来なければ、奴らは火を放つ。きょうの風では、大火事になり得る」

「そうでした」

新兵衛は悔しそうに吐き捨てた。

「いいか。ともかく、火を付けさせてはならない。そのための方策を考える」

友助に花火の打ち上げを成功させ、ふじ吉に狙撃を成功してもらわねばならない。

「わかりました」

「京之進、念のために、町火消を待機させよ」

「はっ」

京之進が出て行ったあと、新兵衛に、

「物貰いの姿で『とよかわ』の近くに行くのは無理のようだ。他の方法で見張ってくれ」

「はっ」

剣一郎は離れを飛び出した。

半刻（一時間）後、剣一郎は駿河台《するがだい》にある御先手組頭、横瀬藤之進の屋敷にやって来た。

横瀬藤之進は一千石の旗本である。

門に近づき、門番に声をかけた。

「拙者《せっしゃ》は南町奉行所与力青柳剣一郎と申します。横瀬藤之進さまにお会いしたく、お取り次ぎを願いたい」

「お約束でござるか」

「いや。火急の用ゆえ、ぜひお取り次ぎを」

「お待ちくだされ」

門番は奥に向かった。

しばらくして、与力の大江伝蔵が現れた。

「青柳どのか」

「ぜひ、横瀬さまにお会いしたい。例の件でござる」

「わかった」

何かを察したのだろう、伝蔵はすぐに剣一郎を中に招じた。

玄関横の客間で待っていると、大柄な横瀬藤之進が大江伝蔵とともにやって来た。

「どうした、剣一郎。何かあったのか」

真下道場で竜虎と言われた当時のように、藤之進は豪放に言う。

「火急の用ゆえ、ご挨拶は省《はぶ》かせていただきます。今宵、『とよかわ』にお出かけでございますね」

「いかにも」

「相手は？」

「そのほうに喋《しゃべ》るわけにはいかぬ」

「秘密を要する相手でございますね」

「そなたには関係ないということだ」

「そうですか。では、はっきり申し上げます。岩鉄一味の者が横瀬さまを鉄砲で暗殺しようとしております」

「岩鉄一味だと？」

藤之進の顔色が変わった。

「はい。狙撃する者は本名はわかりませぬが、我らが勝手にふじ吉と呼んでいる男。想像するに、岩鉄一味に見込まれて横瀬さまの暗殺を頼まれたことから、かなりの鉄砲撃ちの名人かと思われます」

「なぜ、岩鉄一味がわしを殺そうとするのだ？」

「わかりません。我らが知ることのない理由があるのかもしれません」

「そなたの先走りではないのか」

「いえ、詳しくお話しする余裕はありませぬが、計画は着々と進んでおります。『とよかわ』の裏手に楠があるのをご存じでいらっしゃいますか」

「うむ。二階の窓から塀越しに見える」

「そこからふじ吉は鉄砲の狙いを定めることになっています」

「あそこからでは二階の座敷にいる人間は見通せないのではないですか」

伝蔵が横合いから口をはさんだ。

「確かに見通せません。ですが、窓辺に立てば、標的になります」

「立たねば標的にならないということだ」

藤之進は笑った。

「あの窓から不忍池が見えますね」

「うむ」

「もし、そのほうで花火が上がったらどうなさいますか」

「花火？」

藤之進は不審そうな表情をして、

「まだ花火の季節には早いが」

と、窺うような目を向けた。

「元花火師の友助という男が半月以上前から行方知れずになっております」

「…………」

「おそらく、その友助が今夜花火を打ち上げるものと思われます。もし、花火が上がったら、横瀬さまはどうなさるでしょうか。いえ、相手の者がいち早く窓辺に立ち、横瀬さまにこう言うのではないでしょうか。横瀬さま。花火でございます。いったい、何者が上げているのでしょうかと」

藤之進は深刻そうな表情になった。

「横瀬さまが窓辺に立つのを待ち構えていたふじ吉が引き金を引きます」

「…………」

「横瀬さま。この計画には横瀬さまが窓辺に立たねばなりません。いくら、花火が打ち上げられても、横瀬さまが興味を示さなければ何にもなりませぬ。そこで、重要な鍵を握って来るのが今夜の相手です」

「相手は岩鉄一味だというのか」

「はい。少なくとも、気脈を通じている者」

「うむ」

藤之進は腕組みをした。

「横瀬さま、いかがですか」

剣一郎は返答を促す。

「伝蔵、どう思う？」

「私には信じられません」

伝蔵は青い顔で言う。

「お相手はどなたですか」

「剣一郎」

腕組みを解いて、藤之進が口を開いた。

「ようするに窓辺に立たねばいいのだな。そうすれば、狙撃も出来ない」

「いえ。狙撃が失敗した場合、岩鉄一味は『とよかわ』に火を放ち、横瀬さまを襲う計画だと思われます」

「なに」

「二段構えにて、横瀬さまを襲撃しようとしています」

「なぜだ」

藤之進は顔をしかめた。

「なぜ、そこまで……」

「横瀬さま。お願いがございます」

「なんだ？　今夜は出かけるなとでも申すのか。それは出来ぬ。武士たるもの、敵の襲撃を恐れ、逃げることなど出来ぬ」

藤之進は厳しい顔で答えた。

「いえ、そうではありませぬ。撃たれていただけませぬか」

「青柳どの。何を言うのか」

伝蔵が血相を変えた。

「横瀬さまが撃たれなければ、岩鉄一味は火を放って『とよかわ』に押し入ってきます。火をつけられたら強風に煽《あお》られ、大火事になりましょう」

「ばかな。それを防ぐのが奉行所の役目ではないか」

伝蔵が息巻いた。

「捕り方を待機させていますが、どこに火をつけるかわかりません。防ぎきれませぬ。ここは横瀬さまが撃たれてくれれば、付け火の危険はなくなります。その上で、岩鉄一味を追い詰めます」

「無礼だ」

伝蔵は脇差《わきざし》に手をかけた。

「伝蔵。控えよ」

藤之進が押しとどめた。

「なれど」

「剣一郎の言うこと、いちいち思い当たる」

藤之進はかっと目を剝いた。

「罠《わな》であったか」

「横瀬さま。きょうお会いになる客人とはどんな人物ですか」

「戸上主善どのだ」

「御先手組頭の戸上主善さまですか」

「そうだ」

「どういう理由で横瀬さまに？」

「うむ」

藤之進は返答に詰まった。

「横瀬さま、戸上主善さまは火盗改めの役を狙っていると噂されているお方ではありませぬか」

「そうだ」

溜め息をついてから、藤之進は切り出した。

「いまの火盗改めは岩鉄一味を捕まえられず、幕閣からも批判が出ていることを知っておろう。そんな中で、戸上どのから使者が来た。岩鉄一味の手掛かりを摑んだ、ふたりで手を組んで岩鉄一味を壊滅《かいめつ》させせようではないかと持ちかけて来た」

「どうして、戸上さまが岩鉄一味の手掛かりを摑むことが出来たのでしょうか」

「配下の河本平吉という与力が偶然、岩鉄一味を脱けだしたいと思っている男と出会ったらしい。その男から岩鉄一味の動きが逐一《ちくいち》入って来るそうだ」

「信じられるものだったのですか」

「そうだ。先日の本町一丁目の茶問屋『宇治屋』の押込みも、その前日に戸上どのの使いで知った。戸上どのが岩鉄一味の動きを察知しているのは間違いなかった」

「なぜ、戸上さまは自分たちで岩鉄一味を捕らえようとなさらなかったのでしょうか」

「元火盗改めの我らが捕らえたほうが、いまの火盗改めの信頼を損なわせることが出来る。そういう考えだ」

「手柄をすべて横瀬さまに」

「うむ」

「おかしいとは思いませんでしたか」

「戸上どのにも負い目があった。岩鉄一味の動きを知りながら、『宇治屋』への押込みを許してしまったのだ」

藤之進は功をあせるあまり、全体が見通せなくなっていたのかもしれない。

「それほどの岩鉄一味の内部通報者がいるのなら、きょうの動きを当然、戸上さまも摑んでいるはずですね。そのような話は？」

「一切ない」

藤之進は苦痛に顔を歪め、

「戸上どのは岩鉄一味とつるんでいるのか」

「はっきりと言い切ることは出来ませぬが、今夜のことは戸上どのの協力なくして叶いません」

「でも、どうして戸上さまが？」

伝蔵が口をはさんだ。

「横瀬さまがいなくなり、いまの火盗改めが失脚すれば、そのあとに戸上さまが新たに火盗改めの本役に就くようになるでしょう」

剣一郎はそう説明したが、肝心な点が抜けていることに気づいた。戸上主善が火盗改めになったとしても岩鉄一味を野放しには出来ないはずだ。いつまでも捕まえることが出来なければ、今度は戸上主善が批判を浴びることになる。

しかし、戸上主善と岩鉄が手を組んでいたとしたら、捕まえることなど不可能だ。このことをどうするつもりなのか。

「殿、今夜のお出かけはやはり見合せたほうがよろしいかと思います」

伝蔵が引き止めにかかった。

「いや。戸上どのとの約束を破るわけにはいかぬ。仮に、今夜断ったとしても、後日に約束を延《の》ばすだけだ」

「でも、あえて危険を冒《おか》すことはありません」

伝蔵はなおも膝を進めて言う。

「いや。剣一郎が何も策なく撃たれろと言うはずはない。所存を聞かせろ」

藤之進は鋭い目を向けた。

「されば、横瀬さまには胸を鉄で防御していただけませぬか。ふじ吉は胸を狙うはずです。そして、やられた振りをしていただければ、岩鉄一味は引き下がります。横瀬さまを倒すことが目的だと思われますので」

「ふじ吉の狙いが外れる可能性がある」

伝蔵は気色ばんだ。

「はい。ふじ吉の腕を信じるしかありません」

「青柳どのはふじ吉の腕を知っているのか」

「いえ、知りません。ただ、岩鉄一味がふじ吉の腕に賭けているのです。それなりの腕の持主ではないでしょうか」

「ばかな」

伝蔵が顔面を蒼白《そうはく》にして眦《まなじり》をつり上げた。

「そんな海のものとも山のものともつかない男に命を預けよとは、無責任ではないか。頭に当たる危険もある。それでも、殿にそれをやれと言うのか」

「そうです」

剣一郎は畳に両手をついて、

「私はふじ吉の腕を知りません。大江どのが仰ったように、狙いを外してしまう可能性も十分にあります。しかし、周辺を火の海にしないためにはこれしか方法がないのです」

「…………」

藤之進から返事はない。

これ以上説得は出来ない。危険な状況に身を置くように勧めること自体、無茶な要求なのだ。

「失礼なことを申し上げました。どうぞ、私の言葉は忘れてください。ただ、『とよかわ』には危険が待ち構えていることだけはご承知おきください。我らは、その周辺で待機しております。では、これにて失礼をいたします」

剣一郎は立ち上がった。

藤之進の屋敷を出てから、剣一郎は駿河台を下り、八辻《やつじ》ヶ原《はら》を通って柳原の土手に上がった。

相変わらず強風が吹き荒れている。柳森神社の境内に入ると、拝殿の脇から山脇竜太郎が出て来た。

「早かったのですね」

「青柳どのから火急の呼び出しだと聞けば、じっとしていられなくてな。で、何か」

「今宵、横瀬藤之進さまと戸上主善さまが、湯島天神前の料理屋『とよかわ』で会うことになっています」

「なに、ふたりが？」

竜太郎は顔色を変えた。

「火盗改め役を狙っているふたりが会う目的については私から言えません。ただ、その面会を利用して、岩鉄一味が横瀬さまの暗殺を企《たくら》んでいる節があります」

「横瀬どのを？」

「暗殺の手段は鉄砲です」

「鉄砲だと。では、盗まれた鉄砲で？」

「私が言えるのはここまでです。今夜、我らは『とよかわ』の周辺を張り込んでいます。もし、あの界隈で火の手が上がったら、岩鉄一味の仕業と見ていい。ただちに出動してくだされ」

「それはほんとうか」

「あくまでも、その可能性があるということです。我らは、そうならないように対応をとるつもりです」

「『とよかわ』の近くに岩鉄一味がいるのだな」

「あくまでも、横瀬さまを殺害する目的のためだけです。ですから、ふつうの客に混じって『とよかわ』にも入って来るかもしれません。もし、横瀬さまの殺害に成功したら、岩鉄一味は素早く退散するはずです。その場合、我らは一味のあとをつけて隠れ家を見つけます」

「ぜひ、我らも加わらせてもらいたい」

「よいですか。狙われているのは横瀬さまです。へたに、最初から関わらないほうがよいかと思われます。『とよかわ』の周辺には立ち入らないようになさってください」

「なぜだ？」

「『とよかわ』には横瀬さまや戸上さま配下の者たちが集まっています。横瀬さま殺害の計画を知っておきながら何もしなかったということが、あとで知れたら誤解をされかねません」

「誤解？」

「横瀬さまが撃たれるのを願っていたと思われかねません」

「ばかな」

「近づかないほうがよろしいですよ。じつは、まだはっきり言うことが出来ないのですが、火盗改めの問題が複雑に絡んでいるのです」

「わかった。離れたところで待機しよう」

「お願いします。それでは」

剣一郎はその場を引き上げた。


夕暮れてきた。剣一郎は妻恋町の『清水屋』の離れに控えた。

しばらくして、牛込肴町《さかなまち》の岡っ引きの末蔵が大番屋に駆け込んできた。

「さっき、河本平吉が『とよかわ』に入って行きました。いつものふたりの手下を連れていました」

「もう入ったのか」

戸上主善とは別行動だ。

「青柳さま。じつはその手下が妙なものを持っていました」

「妙なもの？」

「はい。大風呂敷に包んだ細長いものです。ひょっとして鉄砲ではないかと」

あっと剣一郎は声を上げそうになった。

まさか……。ふじ吉が失敗したら、至近距離で鉄砲を撃つつもりなのか。戸上主善と岩鉄一味はやはりつながっているのか。

暗くなって、応援の同心たちが剣一郎に挨拶をし、離れを出て行った。門前町の自身番や借り受けた民家で待機をするのだ。

京之進たちと入れ代わって、風烈廻り同心の礒島源太郎と大信田新吾がやって来た。

「青柳さま」

源太郎が声をかけた。

「うむ。ごくろう」

ふたりをねぎらってから、

「五つになったら、万が一にそなえ、湯島天神周辺を探索するのだ」

と、ふたりに命じる。

「畏まりました。火消の連中は万全の構えで待機しています」

「よし」

女中のおしんが茶を持ってやって来た。

「どうぞ」

皆に茶をいれた。

そして、剣一郎のところに来て、

「ふじ吉さん、だいじょうぶでしょうか」

と、暗い顔できいた。

「きっとふじ吉を守ってやる」

「はい」

おしんは詳しいことがわからずとも、この物々しい騒ぎにふじ吉が関係していることをなんとなく肌で感じているようだった。

「出来ましたら、もう一度ふじ吉さんに会いたいんです」

おしんは泣きそうな顔で言った。

「きっと会わせてやる」

「はい。お願いいたします」

おしんは引き上げた。

新兵衛がやって来た。黒の股引きに尻端折《しりっぱしょ》りをして、『とよかわ』の男衆の出で立ちになっていた。

「戸上さま、横瀬さまが『とよかわ』に入りました」

剣一郎は覚えず身を引き締めた。

「河本平吉らもやって来たそうだな」

「はい。大江伝蔵さまもお見えです」

「そうか」

新兵衛はすぐに『とよかわ』へ引き返した。

そろそろ、五つまであと四半刻（三十分）を切った。剣一郎は立ち上がった。珍しく、剣一郎は不安に胸が塞《ふさ》がれそうになった。

ひとつ何かが狂《くる》えば、横瀬藤之進が落命するか、あちこちで火の手が上がるかもしれないのだ。

三

すでに伊太郎は楠の枝に上っていた。辺りは漆黒《しっこく》の闇《やみ》だ。ここから明かりのついた『とよかわ』の二階の窓は見通せるが、向こうからはこっちは見えない。

目を横に転じると、闇に包まれた不忍池の周囲に並んでいる料理屋や出合茶屋の明かりが輝いている。

あと僅《わず》かで、花火が上がるはずだ。

「だいじょうぶか」

下から三次が呼びかけた。

「問題ない」

三次は予備の鉄砲を用意している。

しばらくして、三次の声がした。

「そろそろだ」

「わかった」

伊太郎は火縄に火をつけた。静かに息を吹きかける。風は強いが、火が消える心配はない。

鉄砲を構え、二階の窓に照準を合わせる。まだ、ひと影はない。座敷で、酒を呑んでいる最中だ。

いったん、構えを解き、伊太郎は深呼吸をした。

今まで何人をこうやって撃ち殺して来たか。鉄砲鍛冶《かじ》の集落に生まれ、鉄砲撃ちがうまかったため、鉄砲のためし撃ちをやらされて来た。そのおかげでさらに腕は上がり、ほとんどの的に命中をさせてきた。

いつしか鉄砲撃ちの名人と讃《たた》えられ、その腕がひと殺しのために使われるようになったのだ。

もう二度と鉄砲は持たないと誓《ちか》ったのに、このような事態になった。ここから逃げることは許されないのだ。

これも、何人もの人間を撃ち殺してきた報《むく》いかもしれない。だが、これ以上の殺生はしたくなかった。

物貰いに託した伝言が無事に青痣与力に伝わったかどうか、仮に伝わったとしても、あれだけの短い言葉でどこまで真意がわかってもらえたか。

伊太郎は溜め息をつくしかなかった。

そのとき、不忍池のほうが明るくなった。花火が上がったのだ。やや遅れて、どんという音がした。

窓に人影が現れた。ふたりの武士が立った。伊太郎は鉄砲を構えた。ひとりは横瀬藤之進だ。

再び明るくなったのを目の端でとらえた。照準を横瀬藤之進の胸に当てた。花火の音に合わせて、伊太郎は引き金を引いた。

弾が発射され、狙い違わず横瀬藤之進の胸に命中した。藤之進が倒れ、騒ぎが起きているのを横目に、伊太郎は樹から飛び下りた。

「やったのか」

「やった」

「よし、こっちだ」

鉄砲を莚で包み、三次は湯島天神に向かった。伊太郎もあとを追う。弾は心の臓に当たったはずだ。伊太郎は心が痛んだ。

その痛みを抑えながら、境内を突っ切り、女坂を駆け下りる。

池之端仲町を抜けて三橋を渡り、不忍池のほうに曲がった。弁天島の前を素通りして谷中《やなか》のほうに向かった。

そして、坂道を上がり、善光寺《ぜんこうじ》門前町の手前で、三次は足を止めた。そして、暗がりに身を隠した。

「どうしたんだ?」

伊太郎はきいた。

「つけられていないか、確かめるのだ」

三次は用心深かった。

だが、誰もやって来ない。

「だいじょうぶだ」

三次は安心したように暗がりから出て、来た道をもう一度みる。暗い道に人影はなかった。

「よし、行くぞ」

三次は着物の裾《すそ》をつまんで歩きだした。

それでも三次は用心深く、寺の山門を入り、境内を突っ切って裏門から出て行った。

仮に尾行者がいたとしても、これでは最後までつけて行くのは無理だ。

三次は古い山門をくぐった。

本堂の横に、庫裏《くり》があった。三次はそこに入って行った。

留守《るす》番の手下が待っていた。

「あにき、首尾は?」

「ああ、うまく行った。いまごろ、横瀬の屋敷じゃ大騒ぎだろうぜ。おい、酒をくれ」

「へい。いま、すぐ」

手下の若い男は台所に向かった。

「伊太郎。よくやった」

「………」

「どうした？」

「二度と、ひとは撃ちたくなかった」

伊太郎は無念の思いで言う。

「これで最後だ。おかしらも、もうおまえを自由にしてくださる」

三次は笑った。

「友助のとっつぁんは？」

ふと心配になってきいた。

「花火が打ち上げられた場所に町方が当然駆けつける。とっつぁんはちゃんと逃げられたのか。ここに来るのをわかっているのか」

「心配ない。ちゃんと付添いがいるんだ」

三次は落ち着いていた。

「まさか、とっつぁんを始末するなんて考えていないだろうな」

「そんなばかなことをするか」

三次は嘲笑のように口許を歪めた。

それから半刻ほど経って、おかしらの岩鉄たちが帰って来た。

「伊太郎。ごくろうだったな」

岩鉄は上機嫌で言う。

「おかしら。横瀬藤之進はどうしました？」

「あわてて、家来が抱えて別の座敷に移した。医者が駆けつけた。弾は心の臓に命中していたそうだ。戸上主善も心配そうな顔をしながら含み笑いをしていた」

やはり、伝言は届かなかったようだ。

「伊太郎。どうして頭を狙わなかったんだ？」

酒を口にしてから、岩鉄がきいた。

「こっちに体を向けたので無意識のうちに心の臓を狙ったんです。頭がふっとぶのは寝覚めが悪いですから」

微《かす》かな望みをかけて心の臓を狙ったのだ。もし、伝言が届いていたら、防護の鉄板をいれているんではないかと期待してのことだ。だが、その期待も泡と消えたようだ。

「まあ、うまく仕留めたんだ。何も言うことはねえ」

岩鉄は満足そうに笑った。

「おかしら。約束だ。もうこれで自由にしてくれるんですね。二度と、おはつに手は出さないと約束してくれるんですね」

「ああ、約束は守るぜ」

「では、明日の早朝にここを出立させていただきます」

「いや。ほとぼりが冷めるまで、少し待ったほうがいい。おそらく、町方だけでなく、火盗改めも躍起になって我らを探しにかかっているはずだ」

「……へい」

すぐにでも小田原《おだわら》に引き上げたかった。

伊太郎は三年前に鉄砲を捨てて江戸に向かう途中、小田原でひょんなことからおせきとおはつ母娘《おやこ》と縁が出来た。

おせきは宿場で旅人相手に土産物を売っていた。おせきは豪商の旦那の妾《めかけ》だった女で、旦那が病死したあとに商売をはじめたのだ。

ごろつきに因縁《いんねん》をつけられていた母娘を助けてやったことが縁でおせきの家に厄介《やっかい》になることになった。やがて、おせきといい仲になった。三歳のおはつも伊太郎になついた。

伊太郎はおはつの父親になることを決意した。おせきには自分が鉄砲撃ちで、何人もの人間を撃ち殺したことがあるなどとは話していない。

もともと、おせきは手切れ金などのまとまった金を持っていたが、伊太郎も一所懸命に働いた。それからしばらくして、おはつは舞踊を習い出した。大津絵にある藤娘の格好で温習会に出たこともあった。

しかし、一ヵ月前に三人の仕合せな暮らしを妨害する者が現れた。

それが三次だった。三次は伊太郎を知っていたのだ。言うことを聞かないと、おはつを殺すと威した。岩鉄一味のことは、伊太郎もよく知っていた。残虐な連中で、単なる威しではないことはすぐわかった。

おせきには江戸にいる恩人が病気になった、会いたいと言っているので行って来ると言い、三次といっしょに江戸に出たのだ。

最初は深川の富ヶ岡八幡宮の近くに住んだ。そこから、湯島天神前の料理屋『とよかわ』まで下見に行った。

だが、その帰り、妻恋坂で大八車の積荷が落下するという事故に遭遇したのだ。坂を下っていると、悲鳴のような騒ぎ声にふと振り返った。樽が転がって来て女中と女の子を直撃しようとしていた。

女の子がおはつに思えた。伊太郎は夢中で樽の前に駆けた。

衝撃を受けたことは覚えていたが、その後のことはまったく覚えていなかった。自分のことをすべて忘れていたのだ。

だから、三次が目の前に現れたときも、未知の人間でしかなかった。しかし、あることで思いだしたのだ。

三次に呼ばれて湯島天神に行ったときだ。俺たちといっしょに来いという三次に、伊太郎は青痣与力との約束もあり、最初は拒絶した。

だが、三次はまたも卑怯《ひきょう》な手を使った。いっしょに来なければ、『清水屋』の娘おいとを殺すと威したのだ。そのとき、おはつが威されたことが蘇り、たちまちすべてを思いだしたのだ。

三次の言うことを聞かざるを得なかった。

そして、ついに御先手組組頭の横瀬藤之進を殺す羽目《はめ》になったのだ。なぜ、横瀬藤之進を殺さねばならないのか。

三次はわけを教えてくれなかった。だが、岩鉄ともうひとりの御先手組組頭の戸上主善が手を結んでいることがわかったとき、お互いの利害が一致することに気づいた。

「伊太郎」

岩鉄に呼ばれ、伊太郎ははっと我に返った。

「へい」

「じつは、戸上さまがそなたに会いたがっていた。おそらく、謝礼もくれるだろう。小田原に帰る前に会っていけ」

「せっかくですが、勘弁願えませんか。ひとを撃ったことを早く忘れたいんです」

「そうかえ。まあ、帰るまで二、三日ある。それまでに気が変わったら言うんだ」

「へい」

伊太郎は岩鉄の前から下がった。

隣の部屋に行くと、手下たちが酒盛りをしていた。その中に、友助の姿がなかった。

「友助とっつあんは？」

その場にいる手下にきいた。

「長屋に帰ったぜ。引き止めるのを振り切ってな」

そんなはずはない。友助は謝礼をもらわずに引き上げるはずはない。

「まさか」

伊太郎は部屋を飛び出した。

「待て、伊太郎。どこへ行く」

三次が追って来た。

「友助とっつあんを探しに行く」

「無駄だ」

「無駄？　まさか……」

「落ち着け。あの男は目をつけられている。生かしておいては危険なのだ」

「汚《きたね》え。利用するだけ利用しておいて」

「伊太郎、落ち着け。あんなところに戻ってみろ。捕まりに行くようなものだ。捕まったら、おめえは獄門だぜ」

三次は含み笑いをした。

ふいに恐怖が襲いかかった。この連中は俺を殺すつもりかもしれない。伊太郎は愕然として三次の不敵な顔を見ていた。

四

銃声が聞こえてから四半刻後、剣一郎は『とよかわ』に入った。周辺に怪しい動きがないかを確かめていたのだ。

『とよかわ』は大混乱に陥《おちい》っていた。青ざめた顔でうろたえている女将に部屋を聞いて、剣一郎は二階に上がった。

奥の座敷に行くと、明神下の竹内承安が治療をしていた。いや、ただ寝ている藤之進のそばにいるだけだった。

剣一郎が顔を覗くと、藤之進はにやりと笑った。承安も頷いた。

「よかった」

剣一郎は安堵の溜め息をついた。

「弾は胸に当てた鉄の板の心の臓あたりに食い込んでいました」

承安が感心したように言った。

ふじ吉の腕は剣一郎の想像以上に確かなものだったようだ。

大江伝蔵が近づいて来て、

「戸上さまはすでに引き上げられた」

と、言った。

「あとしばらくしたら屋敷に帰る」

藤之進が言った。

「くれぐれも気取られないように」

「わかっている」

「あとで、お屋敷に伺います。今後のことを打ち合わせたいと思います」

「よし。待っている」

「承安、ごくろうだった」

「いえ」

事前に、協力を頼んでおいたのだ。

剣一郎は『とよかわ』の外に出た。周辺は町方が見張っているが、すでに岩鉄一味は立ち去ったあとだ。

剣一郎は切通に出て、坂を下り、不忍池に向かった。すると、花火が打ち上げられたと思われる場所の辺りに、いくつもの提灯の明かりが見えた。

剣一郎はそこに向かった。奉行所の小者たちの中に、京之進の姿があった。

「青柳さま」

京之進が厳しい顔で近寄って来た。

「花火の残骸《ざんがい》のあとに、友助と思われる男の死体がありました」

「なに」

剣一郎は倒れている男のそばに寄った。

提灯の明かりが、白目を剝いて倒れている五十歳ぐらいの男を映し出した。胸と腹を刺されていた。

「用が済んで殺したのか。なんと酷い」

剣一郎は怒りから顔を紅潮させた。ふじ吉の身も心配になった。

同心の只野平四郎《ただのへいしろう》が駆け寄って来た。

「隠れ家だったと思われる家が見つかりましたが、蛻《もぬけ》の殻《から》でした」

「何か手掛かりが残っているかもしれぬ。また、一味の数もわかるかもしれぬ。隠れ家を徹底的に調べるのだ」

「はっ」

平四郎は隠れ家に戻った。

岩鉄一味は別の隠れ家に逃げ込んだのだろう。新兵衛がふじ吉のあとをつけているはずだ。

しばらくして、新兵衛がやって来た。

「青柳さま。申し訳ありません。失敗しました。ただ、谷中のどこかの寺に入り込んだのは間違いありませぬ」

「谷中か。廃寺があるか調べてみよ」

「はっ」

新兵衛は再び闇に消えて行った。

この界隈の手配りを終えてから、剣一郎は駿河台の横瀬藤之進の屋敷に向かった。

すでに藤之進は屋敷に帰っていた。

客間で差し向かいになった藤之進は胸を押さえ、

「まだ、衝撃が残っている」

と、苦笑した。

「それにしても、見事な腕だ。心の臓を見事に撃ち抜いていた」

「まことに。内心ではひやひやでした」

剣一郎は安堵したように言う。

「おいおい、そなたはあの者の腕に信頼を寄せていたではないか。やはり、内心では半信半疑だったのか」

「いえ、信頼していました。ただ、万が一ということも頭を過《よぎ》りました。申し訳ございません」

　剣一郎は頭を下げてから、

「それにしても、横瀬さまの胆力には感じ入りました」

「そなたにうまく乗せられただけだ」

「恐れ入ります」

「花火が上がったとき、そなたが言うように、戸上主善が俺を窓辺に誘った。だが、まさか俺が胸に鉄の板を入れていたとは想像もしなかったようだ」

　藤之進は口許を歪めた。

「ところで、今後のことだが」

　藤之進は真顔になった。

「戸上主善が岩鉄一味とつるんでいることは間違いない。だが、確たる証拠がないと、しらを切られる。花火が上がったときに窓辺に俺を誘ったのも、単に興味からだと言われてしまえばそれまでだ」

「仰るとおりです。まず、岩鉄一味を捕まえてからのことではないでしょうか。いま、探索を進めていますが、谷中に奴らの隠れ家があるようです。明日、早朝からあの辺りを探索します」

「谷中か。ひょっとして、戸上主善が懇意《こんい》にしている寺かもしれぬ」

藤之進が思いついたように言った。

「そんな寺があるのですか」

「聞いたことがある。明日、早急に調べてみる」

「わかりました」

「それにしても戸上主善め、だいそれたことをしやがる。いまの火盗改めを蹴落《けお》とし、俺を始末して、火盗改めになろうとしたのだ。だが、主善もこれでおしまいだ」

藤之進はこめかみに青筋を立てた。

「だが、俺も威張《いば》れたものではない。戸上主善の誘いにあっさり乗ってしまったのだからな」

藤之進は自嘲気味に口許を歪めた。

「このようなときになんですが、火盗改めを出世の手段と考えるのはいかがでありましょうか。凶悪な事件に立ち向かうのも、まず町の……」

「やめい。いまはそんな議論をしているときではない」

藤之進は不快そうな顔で、

「いいか。俺はいまは火盗改めではないが、岩鉄一味に命を狙われたのは俺なんだ。仕返しのためにも、我らが一丸となって岩鉄一味をとらえる。よいな」

「南町としても、手をこまねいているわけにはまいりません」

「剣一郎。どちらが手柄を立てるか競争だ」

藤之進は不敵に笑った。

藤之進の屋敷を出たのは、すでに子《ね》の刻《こく》(午前零《れい》時)になろうかという時刻だった。

町木戸は閉まっており、潜り戸を抜けて、剣一郎は『とよかわ』の前にやって来た。もう、『とよかわ』も寝静まっていた。

奉行所の小者が門の前に所在なさげに立っていた。

「中の調べは終わったのか」

「はっ。皆さま、『清水屋』の離れで青柳さまをお待ちするとのことでございます」

「わかった」

剣一郎は参道を引き返した。

妻恋町の『清水屋』の離れには京之進や平四郎たち同心、それに手先のものが集まっていた。

「みな、ごくろう」

「はっ」

疲れた様子もなく、京之進たちは元気な声で応じた。

「新兵衛によると、岩鉄一味は谷中の寺に逃げ込んだと見られる。廃寺があるのかと思ったが、横瀬さまが言うには、谷中に戸上主善さまと関係の深い寺があるそうだ」

「その寺の名前はわからないのですね」

「残念ながら、横瀬さまもわからないようだ。だが、明日になれば、容易に調べられよう。問題は、横瀬さまは自分たちだけでそこに踏み込む気だということだ」

「青柳さまのおかげで命が助かったというのに、それはあんまりではありませぬか」

京之進が不満気に言う。

「殺されかかったのだから、自分が仕返しをするのは当然だというのが横瀬さまの言い分だが、所詮、火盗改めの役をめぐる争いをしているに過ぎぬ」

剣一郎は呆れたように言ってから、

「ともかく、我らも谷中一帯の寺を探る。戸上さまと関係ある寺だとしたら、いつまでも留まっているとは思えぬ。明日の早暁《そうぎょう》には寺を出て行くはずだ。そこが勝負だ」

横瀬藤之進が寺の名を調べ上げたときには、すでに岩鉄一味は逃走しているはずだ。

「わかりました。谷中を包囲し、各地に抜ける通りや路地に捕り方を配置いたします」

京之進が応じた。

「よし。京之進、そなたが指揮をとれ」

「はっ」

「今宵は清水屋の好意に甘え、ここで一晩過ごす。大広間も貸してくれることになっている。少し、眠ったほうがいい。京之進、あとを任せる」

そう言い、剣一郎は離れを出た。

吹き荒れていた風も治まり、夜空に星が瞬《またた》いていた。剣一郎はふじ吉に思いを馳《は》せた。

ふじ吉は自分の伝言が功を奏したことを知らない。ひとを撃ち殺したと思い込んでいるはずだ。

自棄《やけ》になって、無茶なことをしなければよいがと、心配した。横瀬藤之進が無事だったことを早く知らせたいが、どうすることも出来なかった。

庭木戸を入って来る男がいた。

「青柳さま」

喘ぎながら駆け込んで来た。

「どうした？　やっ、そなたは承安のところの？」

肩で息をしているのは承安の助手だった。よほど、急いで駆けて来たのだろう。

「何かあったのか」

「はい。いま、お侍が押し入って来て、横瀬藤之進はほんとうに撃たれたのかと、承安先生を問い詰めています」

「なんだと」

「私は裏口から脱け出してお知らせに」

「よし。そなたは少し休んでから来い。この者に何か飲ませてやれ」

近くにいた岡っ引きに声をかけ、剣一郎は承安の診療所に向かって走った。

妻恋坂を駆け足で下る。侍とは、戸上主善の配下の者に違いない。河本平吉かもしれない。

なぜ、疑いを持ったのか。剣一郎はそのことを考えながら走った。戸上主善は横瀬藤之進の芝居にまんまと騙《だま》されていたはずだ。みな、藤之進が撃たれたと信じていた。それなのに、どうして疑いを持たれたのか。

明神下の承安の診療所に駆け込んだ。

「誰かいるか」

土間で声をかけた。

よろけるように承安が出て来た。顔に痣が出来ていた。

「青柳さま」

「承安、大事ないか」

「はい。何発も殴られました」

「押し入った侍は横瀬さまの傷を疑っていたのか」

「はい。横瀬さまが自ら駕籠《かご》にお乗りになるところを見て不審を持ったようです」

「どのような男だ？」

「はい。長身で、顎の尖った鋭い目付きのお侍さんでした」

やはり、戸上主善の配下の河本平吉のようだ。

「で、そなたにほんとうのことを白状させようとしたのか」

「申し訳ございません。急所は外れていて助かりそうだと言ってしまいました」

承安は身をすくめて言った。

「いや、謝ることはない。横瀬さまが無事だったことはすぐにわかることだ。このことで、あとで誰かから何か言われたら、私から頼まれたと答えるのだ」

「はい」

「そなたに負担をかけてすまなかった」

「とんでもない。この一帯を火の海にされたんじゃたまりません。それを防ぐために、少しでもお役に立てたなら本望にございます」

「うむ。大きな力になった。礼を申す」

「ありがとうございます」

剣一郎は承安の診療所を出た。

ここにやって来たのは河本平吉に間違いないだろう。横瀬藤之進の暗殺に失敗したことに気づいた戸上主善はこれからどう出るのか。

そもそも、なぜ戸上主善と岩鉄が手を組んだのか。以前にも考えたことだが、戸上主善の目的は火盗改めになることだ。それには、いまの火盗改めの無能さを印象づけるために岩鉄一味を暴れさせ、さらに横瀬藤之進を亡きものにすれば、火盗改めの役が転がり込んでくる。戸上主善はそう考えたはずだ。

　だが、仮に戸上主善が火盗改めになったとしても、岩鉄一味を退治しない限り、今までの火盗改めとまったく同じ評価を下されることになるのだ。

　戸上主善が火盗改めとしてやっていくためには岩鉄一味を壊滅させなければならない。そのことは岩鉄もわかっていよう。それなのに、なぜ岩鉄一味は戸上主善と手を組んだのか。岩鉄にとってどのような益があるのか。

　手を組むということは両者の利益が一致するからだ。両者の利益とは何か。戸上主善にとっては岩鉄一味の壊滅であり、岩鉄一味にとっては……。

　ふと、脳裏を掠めたものがあった。深川冬木町の絵草子屋の主人は大柄で、岩鉄を思わせるような男だ。

　その男を岩鉄に仕立てたら……。岩鉄にとっても、一味の壊滅が目的だったのではないか。

　思惑が外れたいま、戸上主善は身を守るために動く。あっと、主善の考えに思い至った。剣一郎は妻恋坂を駆け上がった。

『清水屋』の離れに駆け戻り、京之進を呼んだ。

「戸上主善が隠れ家にいる岩鉄一味を襲うかもしれぬ。いまから、谷中一帯を探索する。指揮をとれ」

「はっ」

京之進は全員を呼び集めた。

すでに丑《うし》の刻（午前二時）は過ぎた。伊太郎は厠に行く振りをして起き上がった。三次も寝息を立てている。

岩鉄は友助を殺した。俺も生かしておくはずはない。だが、うまく逃げ果《おお》せたとしても、俺への怒りがおせきとおはつに向かうことは目に見えている。

青柳さまに知らせ、岩鉄一味を一網打尽《いちもうだじん》にしてもらう。それが最善の策だと思った。

裏口から外に出た。辺りは静まり返っている。本堂も闇の中だ。伊太郎は辺りの様子を窺い、裏門に向かって走った。

そのとき、いきなり背後で声がした。

「伊太郎、どこへ行くつもりだ？」

心の臓を鷲掴《わしづか》みされたような衝撃に、伊太郎は体が硬直した。三次だ。

「逃げようとしたのか」

三次は肩を摑んで伊太郎を振り向かせた。

「ふざけた真似をしやがって」

「俺を殺すつもりでいるくせに」

「そんなことしやしねえ」

三次は含み笑いをした。

「嘘だ」

「おめえはひと殺しだ。奉行所に密告したら、おめえも獄門だ。そしたら、もう二度とおめえの嬶《かかあ》と娘には会えないぜ」

「…………」

「それでも、行くっていうなら、ここで死んでもらうしかねえ」

三次は懐から匕首を抜いた。

伊太郎ははっとして飛び退いた。

そのとき、本堂の横に黒い影が過ったのを見た。それも、ひとりやふたりではなかった。伊太郎は目を疑った。

「伊太郎。覚悟しろ」

「待て。あそこ」

伊太郎は三次の背後を指さした。

「なに？」

三次が振り返った。

「げえ、町方か」

「違う。火盗改めみたいだ」

袴《はかま》の股立《ももだち》をとり、襷《たすき》をかけた十人近い侍が庫裏に向かった。

伊太郎と三次は素早く植込みの暗がりに身を隠した。やがて、騒動が起こった。

次々と悲鳴が上がった。

「戸上主善だ。裏切りやがった」

三次は憤然とし、飛び出していこうとした。

「だめだ。危ない。逃げよう」

伊太郎は三次を引き止めた。

野太い絶叫が聞こえた。

「おかしら」

三次が声を振り絞《しぼ》った。

「行こう。俺たちがいないとわかれば、辺りを探し回る。ここにいたんじゃ危険だ」

伊太郎は再び裏門まで走った。三次もついてきた。

「いたぞ」

という声がした。

「出よう」

戸を開けた瞬間、伊太郎は愕然とした。外に侍が待ち構えていた。

「戻れ」

伊太郎と三次は境内に戻った。

長身の武士が近づいて来た。

「河本平吉……。ちくしょう」

三次が侍に向かって言った。

長身の武士は抜刀した。三次の悲鳴が聞こえた。

伊太郎は足が竦んだ。

「おまえが伊太郎か」

長身の武士が切っ先を胸に突き付けた。

「なぜ、頭を狙わなかったのだ？　頭さえ狙っていたら」

侍の声が怒りからか震えている。なぜ、怒っているのか。その意味を考えた。

「ひょっとして」

伊太郎は暗闇に燭光《しょっこう》をみたように続けた。

「横瀬さまは助かったのか」

「そうだ。医者は弾は急所を外れていたので命に別状はないと答えたが、俺が見たのは自ら駕籠に乗り込む姿だった。おまえはわざと狙いを外したのではないのか」

「青柳さまだ。青柳さまに伝言が届いたのだ」

伊太郎は昂奮した。

「伝言だと？　きさま。青痣与力と連絡をとって何か細工《さいく》をしたな」

侍は迫った。

伊太郎は後退った。そのとき、裏門からさっきの武士が後ろ向きに入って来た。あとから、武士が現れた。

「青柳さま」

伊太郎は声を弾ませた。

「ふじ吉。探したぞ」

「おまえは……」

「おや、あなたは確か戸上主善さま配下の河本平吉どの」

剣一郎は平吉の前に立った。

「退け。そいつは岩鉄一味の者だ。我らが成敗してくれる」

「火盗改めでもないあなたがなぜそのようなことを？」

「我らは、岩鉄一味の者から助けを求められ、岩鉄一味を退治しようとしてきたのだ。そして、今宵、隠れ家を突き止めたのだ」

「なぜ、殺すのですか」

「抵抗してきたからだ」

「この者は凶器を持っておりません。斬る必要はありません」

「ここは寺社奉行の管轄。奉行所は支配違いだ。引き上げろ」

「そうはいきません。この者は重要な証人。ふじ吉、外に出ろ。奉行所の人間が待機している」

「きさま」

いきなり、平吉が上段から斬りつけてきた。剣一郎も抜刀して相手の剣を払った。だが、続けざまに、長身を利してしなやかな剣が頭上を襲った。

剣一郎は腰を落として踏み込み、相手の脾腹《ひばら》に剣をないだ。平吉は身をくねらせて剣尖《けんせん》を避けた。が、そのぶん、剣一郎に斬りつけた剣先がぶれた。

お互いに後方に下がり、平吉は正眼《せいがん》に構えた。

「河本どの。鉄砲方同心の糸川松十郎の屋敷に押し込み、鉄砲と弾薬を盗んだ上に糸川松十郎を斬ったのはそなただ。違いますか」

「出鱈目《でたらめ》だ」

「横瀬さまを撃ったのは横瀬さまの配下の者に恨みがある浪人者の仕業と思わせるために、あえて鉄砲方同心の屋敷に押し込んだ。鉄砲だけならあなた方の手にあるのに」

剣一郎は続けた。

「なぜ、糸川松十郎の屋敷に目をつけたのか。それは、あなたが惚《ほ》れていた八重どのが糸川どのの妻女になっていたからではありませぬか。さらに許せなかったのは糸川どのが身分違いの同心だったこと」

「俺は岩鉄一味を壊滅させるために働いてきたのだ。そなたに、とやかく言われる筋合いはない」

「河本どの。素直に観念なさい」

剣一郎は語気を強め、

「岩鉄一味を壊滅させると言いますが、口封じではありませぬか」

「なに？」

「横瀬藤之進どのは胸に鉄の板をいれて銃撃に備えていたのです。岩鉄一味と戸上主善さまの企みを知ってです」

「きさま」

平吉が強引に斬り込んできた。剣一郎も素早く踏み込んだ。剣がかち合い、さっと離れた。

「河本どの。目を覚まされよ。ご自分が何をしているのかわかっておられるのか。奉行所与力に歯向かっているのですぞ。これ以上、戸上主善さまの顔に泥を塗るような真似はやめなされ」

正眼に構えながら、平吉の肩は上がっていた。

「河本どの。外をご覧なさい」

剣一郎は裏口に向かって駆けた。平吉が追って来た。

剣一郎は外に出た。平吉も続いた。

が、平吉はあっと声を上げて立ちどまった。裏門を囲むように、いくつもの御用提灯の明かりが輝いていた。

五

十日後、奉行所に出仕した剣一郎は年番方の宇野清左衛門と会った。

「戸上主善は監督不行き届きということで家督を一子小太郎《こたろう》に譲り、隠居することになったそうだ」

「隠居ですか」

「すべて、与力の河本平吉が独断で行なったもので、自分も河本に操られていたと弁明した」

「一切の罪を河本平吉がかぶったのですね」

平吉は深川の料理屋で岩鉄一味の三次から声をかけられたと自供した。盗んだ金もかなり貯まり、岩鉄は盗賊を引退して江戸で別な人間に生まれ変わろうとした。そのためには、自分が死んだことにして岩鉄一味を壊滅させる。そう考えて、戸上主善の配下である河本平吉に近づいたのだ。

火盗改め役を巡る争いは盗賊の間にも知れ渡っていて、戸上主善のことも岩鉄の耳に入っていた。

　戸上主善と岩鉄の思惑は剣一郎が想像したとおりだった。岩鉄一味を暴れさせ、いまの本役の火盗改めの無力さを老中たちに印象づけ、第二の火盗改めの横瀬藤之進を排除し、戸上主善が火盗改めの本役につく。

　そして、戸上主善が岩鉄一味を壊滅させる。ただし、おかしらの岩鉄は偽者を使う。つまり、一味の中で数人の者だけは生き延びる算段だったのだ。

　自分の手下をも犠牲にしようとした岩鉄には呆れる思いだが、最後は戸上主善の保身のためにほんとうに岩鉄一味は壊滅させられた。

「宇野さま。なんといっても今回の功労者はふじ吉と呼んでいた伊太郎であります。なにとぞ、寛大な処分となるようにお奉行にも」

　剣一郎は訴えた。

「わかっておる。お奉行も、そのことは十分に承知だ。それに、荷崩れから子どもを救った行為は尊《とうと》い。心配めさるな」

「ありがとうございます」

　伊太郎は近江国坂田郡国友村《おうみのくにさかたぐんくにともむら》の出身で、鉄砲鍛冶屋の集落で生まれ、鉄砲撃ちの名人だった。その関係から、周辺で大事件があると、代官所からの呼び出しで、何度も凶悪犯を狙撃したことがあったという。

子どもを楯《たて》にした人質事件や立て籠もり、あるいは大物の盗賊の捕縛にも請《こ》われ、その腕で事件解決に協力してきた。

だが、いくら相手が悪人とはいえ、鉄砲でひとを撃ち殺すことに心が痛み、国友村を出て江戸に向かった。

ところが、その途中、小田原で、おせきとおはつという母娘に出会い、いっしょに暮らすようになったという。

だが、そのささやかな仕合せも、三次の出現によって崩れそうになった。鉄砲撃ちの伊太郎の噂は悪人たちの間にも広まっていたらしい。

伊太郎がかつては代官所に手を貸していたという事実も、伊太郎の心証をよくしたようだ。

「それに、『清水屋』の主人が身元引受人になっている。このことも、よい材料だ」

清左衛門は満足そうに頷いた。

その日の午後、剣一郎は駿河台の横瀬藤之進の屋敷を訪れた。

客間で向かい合った藤之進は苦い顔で口にした。

「まさか、俺が駕籠に乗るところを見られていたとはな」

「もし、それがなければ、横瀬さまが岩鉄一味を捕らえ、そこから戸上主善さまの悪《わる》巧《だく》みを糾弾《きゅうだん》出来たでありましょう」

「そう考えると、かえすがえすもあの失敗は大きい。おかげで、戸上主善に言い訳を許すことになってしまった」

　藤之進は憮然とした。

「これも、戸上さまとふたりでいまの火盗改めを出し抜こうとした報いかもしれませぬ」

「剣一郎。きついことを言うな」

「ついでに言わせていただければ、火盗改め役は出世の手段でも名誉でもありませぬ。第一は凶悪な犯罪者を取り締まることで、江戸の町の……」

「あいわかった。そのほうのその言葉は聞き飽きた」

　藤之進は顔を歪めた。

「恐れ入ります」

「まあいい。そなたに言われなければ、俺はお陀仏《だぶつ》だったのだ。ところで、今度、俺の心の臓を撃った男に会わせてくれぬか。俺の命を奪った男だ。顔を見てみたい」

「機会がありましたなら。では、私はこれにて」

「もう行くのか。そなたと一献かわしたい。一席設けよう。日を改めて声をかける」

「まさか、湯島天神前の『とよかわ』の二階座敷ではないでしょうね」

「それもよいか」

藤之進はおかしそうに笑った。

その帰り、今度は柳原の土手の柳森神社で山脇竜太郎と会った。

「予想外の結末だった」

竜太郎は口許を歪めた。

「これで岩鉄一味も壊滅しました。もはや、火盗改めの風当たりも弱まりましょう」

「こっちで解決出来なかったのは残念だ」

ふと恨みがましい顔を向け、

「もし、そなたがいなかったならどうなっていただろうな。そう思うと、ちょっぴり残念な気がする」

「残念とは？」

「まず、横瀬どのは落命していたであろう。そして、我らが岩鉄一味を捕らえた暁《あかつき》には、戸上どのとの件も明るみに出る」

「なるほど。火盗改めの本役を狙う競争相手がふたりもいなくなるということですか」

剣一郎は真顔になって、

「山脇どのも火盗改めの本分をしっかり弁《わきま》えていただきたい。それでは」

何か言いたそうな竜太郎を残し、剣一郎はさっさと立ち去った。誰も彼も、大事なことを忘れていると、不愉快になった。


それからふつか後、伊太郎はお白州でお奉行より、無罪の宣告を受けた。

解き放ちになった伊太郎に、剣一郎は声をかけた。

「ごくろうだった」

「青柳さま。ありがとうございます」

「これから『清水屋』に行こう」

「はい」

清水屋伊兵衛が身元引受人になったことも無罪になった大きな理由だ。

剣一郎は伊太郎といっしょに南町奉行所を出て、数寄屋橋御門《すきやばしごもん》を抜け、お濠端《ほりばた》を通って、神田川にかかる昌平橋を渡った。

明神下から妻恋坂を上がる。途中の稲荷社の藤棚の前でどちらからともなく立ちどまった。

「少し色あせたようだが、まだ見事な藤だ」

剣一郎は感慨深く言う。ここではじめて伊太郎に出会ったのだ。

「あのとき、私は藤を見つめながら娘を思いだしていたんです。藤娘の姿をした娘の可愛い姿を思いだしていました。三次の言うことをきかないと、娘に危害が及ぶ。胸が波立っていました」

だから、険《けわ》しい顔をしていたのだと、剣一郎はあのときの伊太郎の顔を思いだした。

「さあ、行こう」

剣一郎は急かした。

妻恋町の『清水屋』にやって来た。

伊兵衛が表で待っていた。

「お帰りなさいませ」

伊兵衛が伊太郎を笑顔で迎えた。

「清水屋さん。このたびはいろいろありがとうございました」

「何を仰いますか。伊太郎さんは我が家の恩人でございます。しばらく、ゆっくりとお過ごしください」

「へえ。ありがとうございます。ですが、これからでも小田原に発《た》とうと思っています。私を待っていてくれるかもしれない者がおりますので」

「まあ、そんなことを仰らず、ともかく離れへ」

伊兵衛が剣一郎に目をやった。

「伊太郎。好意は素直に受けるものだ」

剣一郎は勧めた。

「はい」

伊太郎は庭木戸を抜けて奥に向かった。

離れに近づいて、伊太郎の足が止まった。離れの部屋から、六歳くらいの娘がふたり出て来た。ひとりは『清水屋』のおいとだ。そして、もうひとりが……。

「おはつ、おはつじゃないか」

伊太郎が駆け寄った。

「おはつ」

伊太郎がおはつを抱きしめていると、部屋から二十五、六歳の女が顔を出した。

「おまえさん」

「おせき。どうしてここに？」

「清水屋さんが呼んでくださったのです」

「そうか。心配かけてすまなかった」

「これで、またいっしょに暮らせるのですね」

「もちろんだ」

いっとき、再会の喜びに浸《ひた》っていたが、伊太郎が清水屋のほうにやって来た。

「清水屋さん。ありがとうございます」

「出しゃばったことをして申し訳ありませんでした」

「とんでもない。なんと、お礼を申してよいやら」

「伊太郎。よかったな」

剣一郎も目を細めた。

「はい。なにからなにまで」

伊太郎は涙ぐんだ。

「伊太郎さん。失礼だと思いましたが、おかみさんから小田原での商《あきな》いの話を聞きました。それほどの繁昌《はんじょう》ではないような」

「へえ、お恥ずかしい話ですが……」

「いかがですか。さきほど、おかみさんにもお話ししましたが、うちで働きませんか。この離れを使っていただいて構いません。おはつちゃんもおいとすぐ打ち解けました。おはつちゃんの踊りも、おいといっしょに習わせたらいかがですか」

「清水屋さん」

「まあ、おかみさんとゆっくり話し合って決めてください。いや、ぜひ、ここに移ってください」

「すみません」

「伊太郎。さっきも言ったように、好意は素直に受けるものだ」

剣一郎はそう言い、

「久し振りの家族の再会だ。邪魔してはいけない。また、来る」

そう言い、剣一郎は伊兵衛といっしょにその場から立ち去った。

「伊兵衛。よくやってくれた」

剣一郎は改めて礼を言った。

「なにを仰いますか。私は青柳さまの言われたとおりにしたまで。でも、よかったと思います」

伊兵衛も安心したように言った。

再び、妻恋坂を下った剣一郎は藤棚の前でふと立ち止まった。そして改めて、今度はひとりでしみじみと紫色の花を堪能した。

一〇〇字書評

切・り・取・り・線

購買動機（新聞、雑誌名を記入するか、あるいは○をつけてください）

□（　　　　　　　　　　　　）の広告を見て
□（　　　　　　　　　　　　）の書評を見て
□ 知人のすすめで　　□ タイトルに惹かれて
□ カバーが良かったから　　□ 内容が面白そうだから
□ 好きな作家だから　　□ 好きな分野の本だから

・最近、最も感銘を受けた作品名をお書き下さい

・あなたのお好きな作家名をお書き下さい

・その他、ご要望がありましたらお書き下さい

住所	〒				
氏名		職業		年齢	
Eメール	※携帯には配信できません	新刊情報等のメール配信を 希望する・しない			

この本の感想を、編集部までお寄せいただけたらありがたく存じます。今後の企画の参考にさせていただきます。Eメールでも結構です。

いただいた「一〇〇字書評」は、新聞・雑誌等に紹介させていただくことがあります。その場合はお礼として特製図書カードを差し上げます。

前ページの原稿用紙に書評をお書きの上、切り取り、左記までお送り下さい。宛先の住所は不要です。

なお、ご記入いただいたお名前、ご住所等は、書評紹介の事前了解、謝礼のお届けのためだけに利用し、そのほかの目的のために利用することはありません。

〒一〇一－八七〇一
祥伝社文庫編集長　坂口芳和
電話　〇三（三二六五）二〇八〇

祥伝社ホームページの「ブックレビュー」からも、書き込めます。
http://www.shodensha.co.jp/bookreview/

祥伝社文庫

花《はな》さがし　風烈廻《ふうれつまわ》り与力《よりき》・青柳剣一郎《あおやぎけんいちろう》

平成26年 4 月20日　初版第 1 刷発行

著　者　小杉健治《こすぎけんじ》
発行者　竹内和芳
発行所　祥伝社《しょうでんしゃ》
東京都千代田区神田神保町 3-3
〒101-8701
電話　03（3265）2081（販売部）
電話　03（3265）2080（編集部）
電話　03（3265）3622（業務部）
http://www.shodensha.co.jp/
印刷所　堀内印刷
製本所　関川製本
カバーフォーマットデザイン　中原達治

Printed in Japan ©2014, Kenji Kosugi ISBN978-4-396-34030-8 C0193

祥伝社文庫の好評既刊

小杉健治
刺客殺し
風烈廻り与力・青柳剣一郎④

江戸で首をざっくり斬られた武士の死体が見つかる。それは絶命剣によるもの。同門の浦里左源太の技か!?

小杉健治
七福神殺し
風烈廻り与力・青柳剣一郎⑤

人を殺さず狙うのは悪徳商人、義賊「七福神」が次々と何者かの手に…。真相を追う剣一郎にも刺客が迫る。

小杉健治
夜烏《よがらす》殺し
風烈廻り与力・青柳剣一郎⑥

冷酷無比の大盗賊・夜烏の十兵衛が、青柳剣一郎への復讐のため、江戸に戻ってきた。犯行予告の刻限が迫る!

小杉健治
女形《おやま》殺し
風烈廻り与力・青柳剣一郎⑦

「おとっつあんは無実なんです」父の斬首刑は執行され、さらに兄にまで濡れ衣が…真相究明に剣一郎が奔走する!

小杉健治
目付殺し
風烈廻り与力・青柳剣一郎⑧

腕のたつ目付を屠った凄腕の殺し屋を追う、剣一郎配下の同心とその父の執念! 情と剣とで悪を断つ!

小杉健治
闇太夫《やみだゆう》
風烈廻り与力・青柳剣一郎⑨

百年前の明暦大火に匹敵する災厄が起こる? 誰かが途轍もないことを目論んでいる…危うし、八百八町!

祥伝社文庫の好評既刊

小杉健治　冬波《とうは》　風烈廻り与力・青柳剣一郎㉒

下手人は何を守ろうとしたのか？　事件の真実に近づく苦しみを知った息子に、父・剣一郎は何を告げるのか？

小杉健治　朱刃《しゅじん》　風烈廻り与力・青柳剣一郎㉓

殺しや火付けも厭わぬ凶行を繰り返す、朱雀太郎。その秘密に迫った青柳父子の前に、思いがけない強敵が――。

小杉健治　白牙《びゃくが》　風烈廻り与力・青柳剣一郎㉔

蠟燭問屋殺しの疑いがかけられた男。だがそこには驚くべき奸計が……青柳父子は守るべき者を守りきれるのか⁉

小杉健治　黒猿《くろましら》　風烈廻り与力・青柳剣一郎㉕

神田岩本町一帯で火事が。火付け犯とされた男が姿を消すが、剣一郎は紅蓮の炎に隠された陰謀をあぶり出した！

小杉健治　青不動　風烈廻り与力・青柳剣一郎㉖

札差の妻の切なる想いに応え、探索に乗り出す剣一郎。しかし、それを阻むように息つく暇もなく刺客が現れる！

藤原緋沙子　冬萌え　橋廻り同心・平七郎控⑤

泥棒捕縛に手柄の娘の秘密。高利貸しの優しい顔――橋の上での人生の悲喜こもごも。人気シリーズ第五弾。